Kai Pannen

Andro, streng geheim!
Emotionen und andere Störfaktoren

Alle Bände von *Andro, streng geheim!*:

Band 1: Fehlermeldung: Schule
Band 2: Emotionen und andere Störfaktoren

Kai Pannen wurde auf dem 51. Grad nördlicher Breite und 6. Grad westlicher Länge* erbaut, korrigiere, geboren und programmiert. An der Fachhochschule in Köln erhielt er ein Upgrade für Malerei und Film. Viele Jahre war er als Buchillustrator und Trickfilmer tätig, bis er 2015 ein Schreibprogramm aufgespielt bekam und seitdem hauptsächlich als Autor von Kinder- und Jugendbüchern tätig ist. 2017 zeichnete ihn der Börsenverein des Deutschen Buchhandels als Lesekünstler des Jahres aus. Seit 1996 lebt er in Hamburg und ist im Internet unter www.kaipannen.de zu finden.

* in Moers am Niederrhein

Mareikje Vogler kommt gebürtig aus dem schönen Münsterland, machte dort eine Ausbildung zur Mediengestalterin und arbeitete anschließend einige Jahre in der Werbung. Später studierte sie an der Animation School in Hamburg Trickfilm und arbeitet seitdem als freischaffende Illustratorin. Sie lebt mit ihrer Familie in Hamburg.

Kai Pannen

ANDRO

{STRENG GEHEIM!}

» Emotionen und andere Störfaktoren «

Illustriert von Mareikje Vogler

Band 2

Loewe

„MASCHINEN FOLGEN PROGRAMMEN,
WIR KÖNNEN TRÄUMEN."

FSC
www.fsc.org
MIX
Papier aus verantwortungsvollen Quellen
FSC® C014496

ISBN 978-3-7432-0983-1
1. Auflage 2022

Umschlag- und Innenillustrationen: Mareikje Vogler
Umschlaggestaltung: Michael Dietrich
Printed in the EU

www.loewe-verlag.de

Inhalt

100 Prozent!

STROMAUSFALL

„Pie-tüüü, pie-tüüü, pie-tüüü."

„**Bravo**, Andro, so singt die Lappland-Meise."

Die Biologielehrerin Frau Heidschrötter-Piepenbrink ist ganz aus dem Häuschen. Damit meinen die Menschen „begeistert". Sie neigen dazu, in **Umwegen** zu reden.

„Es hört sich fast echt an!"

WOW!

„So ein Streber", stöhnt hinter mir meine weibliche Mitschülerin Sophie, die im Gesicht so HÜBSCH BUNT angemalt ist. „Der hat nicht nur 'ne Meise, der ist auch eine."

„Pie-tüüü, pie-tüüü, pie-tüüü“, wiederhole ich und möchte damit eigentlich nur ausdrücken: „Darf ich dringend vor die Tür?“

Piiieee-Tüüü

Piiiieee-Tüüü

Nicht, weil ich zur Toilette müsste, so wie meine Mitschüler das regelmäßig machen. **Negativ.** Meine Batterien sind fast leer. Der reinste Schrott, den mir meine Erbauer, korrigiere, meine Eltern eingebaut haben.

4%

```
STATUS:                                   X

Noch 4 Prozent Energie. In
3 Minuten und 54 Sekunden
schaltet sich mein System
in den Ruhemodus.
```

Dann werde ich funktionslos im Klassenraum sitzen, bis mich jemand an den Strom anschließt.

Ticktack!

```
STATUS:                                   X

Folge:
Alarmstufe rot! Enttarnung droht!
```

ACHTUNG!

Oh, oh!

WOW!

Wenn sie bemerken, dass ich kein Mensch bin, ist meine **Mission** gescheitert.

Piiieee-Tüüü

Piiiieee-Tüüü

Wieder ertönt mein **Alarmsignal**, das sich rein zufällig wie die Lappland-Meise anhört: „Pie-tüüü, pie-tüüü, pie-tüüü."

„Danke, **ANDRO**. Du machst das wirklich gut, aber nun kommen wir zum Buchfink", sagt Frau Heidschrötter-Piepenbrink.

Hihi!

Leon schaut mich von der Seite an und kichert.

ANALYSE: X

Wiederholter Energie-Alarm
= Kichern = Scherz
(+ 1 Freundschaftspunkt)

+1

„Pie-tüüü, pie-tüüü, pie-tüüü."

Jetzt lacht die gesamte Klasse **(+ 21 Freundschaftspunkte)**, doch Frau Heidschrötter-Piepenbrink sieht nicht mehr begeistert aus.

Piiieee-Tüüü

Piiiieee-Tüüü

„Andro, das ist **nicht** mehr lustig!“

„Pie-tüüü, pie-tüüü, pie-tüüü.“

„Beim nächsten Mal fliegst du raus!“

Kabelbruch und Stromausfall – das ist meine Chance. Nur noch 2 Prozent Energie!

„Pie-tüüü, pie-tüüü, pie-tüüü.“

„So, jetzt reicht’s. Verlasse sofort den Raum!“ Diese Aktion ist gerade noch einmal positiv verlaufen, abgesehen von den **12 MINUSPUNKTEN**, die mir der Alarm bei der Lehrerin eingehandelt hat.

Der Flur ist menschenleer. Ich entdecke nirgends eine Steckdose, spüre aber ein starkes ELEKTROMAGNETISCHES KRAFTFELD in der Nähe. Der Elektroraum im Keller! Dort kann ich ungestört laden.

Puh!

Auf der Stahltür warnt ein schwarzer Blitz auf einem gelben Schild.

Puh!

„Vorsicht! Starkstrom" Exakt, was ich brauche. Natürlich ist die Tür verschlossen, jedoch nur mit einem elektronischen Zahlenschloss. Für mich kein Problem. Ich lese den Code aus und schon bin ich drin.

Solch ein Elektroraum ist für Roboter wie für Menschen eine Speisekammer: überall **Stromkabel**, Steckdosen und **Ampermeter**. **Köstlich!**

STATUS:

1 Prozent verbleibende Energie

Ich verkabele mich über meinen Bauchnabelanschluss und spüre, wie der **warme Strom** durch meine Leitungen fließt.

Der Alarm hat aufgehört und ich sehe in meiner **3-D-Video-Info-Brille**, wie der Ladebalken langsam vorankriecht. Zu langsam. In spätestens **11,47 Minuten** muss ich fertig sein, dann beginnt die Pause. Da hilft lediglich ein zweites Ladekabel. Wozu habe ich schließlich den Anschluss im Mund? Das dicke Starkstromkabel sieht **sehr appetitlich** aus. Wie das prickelt! Da ertönt

Hopp, hopp

ein Alarm! **HOHE ENERGIEZUFUHR!!!** Zumindest werde ich in 1,4 Minuten vollständig geladen sein, etwas anderes zählt nicht. Plötzlich gehen mit einem Schlag alle Lichter aus. Die **SICHERUNG IST RAUSGEFLOGEN**, das Stromnetz der Schule überlastet. Es ist stockdunkel im Keller. Ich schalte meine **3-D-Sensomatik-Brille** in den Nachtsichtmodus, trenne mich von den Stromkabeln und springe mit einem Satz die Kellertreppe rauf. Der Starkstrom führt dazu, dass ich nicht mehr normal laufen kann. Ich hüpfe in **3-Meter-Sprüngen** völlig unkontrolliert den Flur entlang und muss aufpassen, mit dem Kopf nicht an die Decke zu stoßen.

Ausgerechnet jetzt fliegt die Tür vom Computerraum auf und Herr Lembke stürmt heraus. „**Himmel noch mal**, im entscheidenden Moment ein Stromausfall. Ich hatte mein Computerprogramm fast fertig! Jetzt ist alles gelöscht!“ Herr Lembke ist der Klassenlehrer. Er unterrichtet Mathe, Sport und Informatik. Und wenn meine Analyse korrekt ist, bringt er mir **keine Sympathie** entgegen. In anderen Worten: Er hasst mich! Auch wenn mir weiterhin unbekannt ist, was dieser menschliche Hass genau ist. Gefühle

Aaargh!

sind mir fremd und kosten mich regelmäßig eine Menge Freundschaftspunkte. Zudem ist Lehrer Lembke mir hart auf den Fersen (so sagen das **die Menschen**, wenn ein Verfolger sie beinahe einholt) und ich muss ständig aufpassen, nicht enttarnt zu werden.

„Andro Neumann! Du schon wieder“, brüllt er. „Was zur Hölle treibst du dich hier während des Unterrichts herum?“

Ich bleibe exakt 1,20 Meter vor ihm stehen, was gar nicht so einfach ist. So sehr ich es auch zu unterdrücken versuche, ich muss vor lauter Energie auf und ab hüpfen. Mein ENERGIEFELD ist so stark, dass dem Lehrer die Haare zu Berge stehen und sein Handy anfängt zu vibrieren.

Hihi!

„Steh gefälligst still, wenn ich mit dir rede!“, krächzt er, fängt aber vor lauter **elektrischer Spannung** ebenfalls an zu hüpfen.

Und so staunen die 45 Schüler nicht schlecht, als sie wegen des Stromausfalls aus den Klassenräumen kommen und uns hier im Flur herumspringen sehen. Die allgemeine Erheiterung steigert Herrn Lembkes Wut.

„Das ist doch alles auf **deinem Mist** gewachsen, Neumann! Immer wenn was schiefläuft, bist du in der Nähe!“

Haha!

20 weitere Schüler strömen herbei, um dem Spektakel zu folgen. Herr Lembke versucht krampfhaft, stehen zu bleiben, kann sich meinem Energiefeld aber nicht entziehen.

„Ich musste lediglich die Toilette aufsuchen“, antworte ich endlich. Nachdem mein **System** alle möglichen Antworten durchgerechnet hat, scheint mir diese am glaubhaftesten.

„Du kannst mir viel erzählen. Na warte, ich komme schon noch dahinter, was es mit dir auf sich hat“, zischt er.

PiEP-PiEP

Hä?

Haha, haha!

„Entschuldigen Sie, ich möchte wirklich nicht stören, aber können Sie mir sagen, wo das Zimmer von Direktor Bokel ist?“

Eine junge Frau steht etwas verunsichert zwischen den Schülern und nickt im Takt unserer Sprünge mit dem Kopf. Ich scanne sie und komme zu folgender Analyse:

ANALYSE:

Größe: 172,4 Zentimeter
Gewicht: 62,5 Kilogramm
Haare: blonde Locken
Augenfarbe: hellblau

Ein Abgleich mit meiner **Datenbank** ergibt: ein prächtiges **Menschen-Exemplar!**

Herr Lembkes Blick wandert zwischen der Menschin und mir hin und her, während seine Gesichtsfarbe schlagartig in Knallrot übergeht.

Ups!

Solche Farbwechsel waren mir bisher nur von **Chamäleons** und TINTENFISCHEN bekannt. Bei Menschen haben sie unterschiedliche Ursachen:

1. Körperliche Anstrengung durch Hüpfen
2. Erhöhte Blutzufuhr durch Wut
3. Erhöhte Blutzufuhr durch Scham

Alle drei Punkte erscheinen mir zutreffend.

„Den Gang entlang, links herum und dann die vorletzte Tür auf der rechten Seite. Wenn Sie mögen, bringe ich Sie hin“, säuselt Herr Lembke in seinem charmantesten Tonfall, den er unter diesen Bedingungen hervorbringt.

„Das ist lieb von Ihnen. Aber danke, ich möchte Sie nicht weiter stören. Sie **hüpfen** gerade so schön“, sagt die Dame und geht weiter.

Die Schüler um uns herum hüpfen mittlerweile ebenfalls und johlen so laut, dass sie nicht hören, wie Herr Lembke, gar nicht mehr charmant, zischt: „Das wirst du bereuen, Neumann!“

Juhu!

Mein Freundschaftsbalken wird ganz rot und bleibt bei **-6 FREUNDSCHAFTSPUNKTEN** stehen.

Zeit zu handeln!

DIE NEUE LEHRERIN

Meinen Forschungsobjekten, also den Menschen, gegenüber behaupte ich, zehn Jahre alt zu sein. Aber tatsächlich ist es gerade einmal **21 TAGE**, **7 STUNDEN** und **22 MINUTEN** her, dass meine Erbauer mich angeschaltet haben. Mit dem Auftrag, die Menschen zu erforschen, Informationen zu sammeln und ihre Sympathie in Form von Freundschaftspunkten zu gewinnen. Nun steht die erste Musikstunde bevor. Die gesamte Klasse, bestehend aus **11 männlichen** und **12 weiblichen** Exemplaren sowie 1 Roboter (das bin ich), hat sich im Musikraum versammelt. Überall stehen Instrumente, die meisten funktionieren ohne Strom. **FURCHTBAR ALTMODISCH!** Die Töne lassen sich doch viel besser mit dem Computer erzeugen.

Herr Lembke betritt den Raum. Mit ihm kommt die weibliche Person, die ich bereits im Flur

gescannt habe. Alle Schüler verstummen. Herr Lembke lächelt die Frau breit an, obwohl sie keinen Scherz gemacht hat. Dann sagt er: „Ich möchte euch eure **neue Musiklehrerin** vorstellen. Frau Kyra Nachtigall!“

Ich registriere, dass er ihren Namen mit deutlich weicherer Stimme als sonst ausspricht. Dann fährt er in normaler Tonlage fort: „Sie wird euch in **Musik** und **Deutsch** unterrichten. Ich erwarte von euch, dass ihr (weicher Tonfall) Frau Nachtigall (harter Tonfall) im Unterricht folgt.“

„Danke, Herr Lembke. Ich denke, wir kommen schon zurecht“, sagt sie. Nachdem er den Raum verlassen hat, wendet sie sich an uns.

„Ich freue mich sehr, euch unterrichten zu dürfen. Wer von euch spielt denn ein **Instrument**?“

Marko, der sich für gewöhnlich nie am Unterricht beteiligt, schleudert seinen Arm nach oben und kann kaum noch auf dem Stuhl sitzen.

„Ich! **Schlagzeug!**“, ruft er. 11 weitere Schüler melden sich und rufen: „**Gitarre!**“, „**Blockflöte!**“, „GEIGE!“, „**TRIANGEL!**“

Frau Nachtigall nickt begeistert und zeigt auf Marko. „Du hast dich zuerst gemeldet. Magst du uns etwas vorspielen? So kann ich einschätzen, wie weit du bist.“

Während er zu den Trommeln schreitet, flüstert Leon mir zu: „Typisch Marko, Hauptsache, er kann irgendwo draufhauen.“

Bum, bum!

Dann drischt Marko wie wild auf den Trommeln herum. Frau Nachtigall scheint angetan zu sein und auch meine

Mitschüler machen anerkennende Bemerkungen. Dabei verfehlen Markos Trommelschläge um **0,0482 Sekunden** den Takt. Unerträglich für mein unbestechliches Gehör! Die musikalischen Einlagen der anderen Schüler klingen genauso holprig. Ich stelle vorübergehend meine **Mikrofone** ab und spiele mir elektronische Musik von meinem Datenspeicher ein. Von außen nehme ich kein Geräusch wahr. Auf einmal merke ich, dass die Lehrerin auf mich zeigt. Ich aktiviere meine **GEHÖRSENSOREN** und kann gerade noch vernehmen, wie Emelie ruft: „Keine Sorge, der ist merkwürdig.“

„Hallo? **Andro?**“, höre ich Frau Nachtigall sagen. „Du hast dich nicht gemeldet. Spielst du ein Instrument?“

„Positiv, **korrigiere**, nein, ich spiele nicht **EIN** Instrument“, antworte ich wahrheitsgemäß.

„Das ist aber schade. Hast du keine Lust darauf?“

„Ich spiele nicht EIN Instrument, ich spiele **ALLE**!“

„So ein Angeber!“, höre ich ein paar Schüler stöhnen, andere kichern.

„Da bin ich mal gespannt. Haben wir ein **heimliches Musiktalent** in der Klasse?“, schmunzelt Frau Nachtigall.

„Ich kann vier Instrumente spielen“, ruft Julius, der Klassenbeste, dazwischen. „**Klavier**, Posaune, **XYLOFON** und **Harfe**.“

Er kann nicht damit umgehen, wenn jemand aus der Klasse (und ganz besonders ich) etwas besser kann als er.

„Andro, möchtest du uns auf einem der Instrumente etwas vorspielen?“, fragt Frau Nachtigall.

Ich scanne den Raum und wähle das Cello. „Was soll ich spielen?“

Sie blättert einen Stapel Noten durch und sagt dann: „Wie wäre es mit *Alle Vögel sind schon da*?“

Ich bin doch **keine Spieluhr**! Doch ich führe ihren Wunsch aus.

„Sehr gut, Andro. Wirklich ausgezeichnet!“

Als Nächstes nehme ich eine **TROMPETE** in die rechte Hand und setze mich ans Klavier.

Aha!

Diesmal spiele ich ein Trompetenstück, das ich neulich aufgezeichnet habe, und begleite mich dabei **einhändig** auf dem Klavier. Frau Nachtigall sitzt mit offenem Mund da und auch meine Mitschüler verhalten sich ähnlich. Nur Julius' Blick wird finsterer. Nun wähle ich eine Marimba und spiele einen chilenischen **Tango**. Gerade will ich das Alphorn blasen, da schiebt sich Lilli in mein Blickfeld. Sie starrt mich mit zusammengezogenen Augenbrauen an, während sie mit den Händen eine Bewegung macht, als würde sie etwas hinunterdrücken. UNSER GEHEIMZEICHEN! Es bedeutet: **Stopp! Auffälliges Verhalten!**

Und so belasse ich es bei dem **Tango** und sage: „**Korrigiere**, ich kann natürlich nicht ALLE Instrumente spielen."

„Hab ich mir gleich gedacht", murmelt Julius erleichtert.

„Du scheinst aber wirklich ein musikalisches Talent zu sein", sagt Frau Nachtigall.

WOW!

„In **Mathe** ist er auch nicht schlecht", ruft Leon rein.

„Komisch ist er trotzdem", flüstert Sophie Emelie zu, was meinen **hochsensiblen Mikrofonen** selbstverständlich nicht entgeht.

Der Balken meiner Freundschaftspunkte läuft zwischen Plus und Minus hin und her.

Frau Nachtigall: + 18 Punkte
Sophie: - 3 Punkte
Schulklasse: + 20 Punkte
Julius: - 15 Punkte
Mein aktueller Punktestand:
14 Punkte!

+18
-3
+20
-15

Ein Anfang.

„Wie viele Stunden übst du am Tag?“, fragt Frau Nachtigall.

„Üben? **Negativ**“, sage ich. „Nicht notwendig.“

Wieder trifft mich Lillis kritischer Blick.

ACHTUNG: Angeber-Alarm! **Nicht** weiterreden!

Zu spät: minus 4 Punkte!

-4

PSSST!

Ich muss besser aufpassen und meine Fähigkeiten vorsichtiger dosieren. Also halte ich mich für den restlichen Schultag lieber bedeckt.

Puff!
Paff!

„FAMILIE" NEUMANN

„Lediglich 10 Freundschaftspunkte?", dröhnt mein Erbauer-Papa. „Das ergibt 40 Fehlpunkte."

ANALYSE:

```
KI-Androide 3.0-m ist eine
Fehlkonstruktion.
```

Oje!

„Günter, wie oft, zum **Computervirus** noch mal, muss ich dich korrigieren? Wir nennen uns bei unseren Menschennamen!", schimpft Erbauer-Mama und hat dafür ihre zornige Stimme eingeschaltet.

„**Korrekt**, Margret, ich muss wohl mal die Daten auf meiner Festplatte sortieren. Folglich noch einmal auf Menschisch: Was haben wir bei Andro falsch gemacht?"

Wir Neumanns sind eine ganz normale Familie, zumindest bemühen wir uns, so zu erscheinen.

Ding, dong!

An der Tür unseres Hauses steht unser Familienname, für den Fall, dass jemand vorbeikommt. Dass es an der Tür klingelt, geschieht im Durchschnitt nur alle 251 Tage. Auch wenn sich meine Erbauer, korrigiere, meine Eltern sehr bemühen – wie bei den Menschen geht es in unserem **Roboter-Haushalt** nicht zu. Das fängt schon mit beiden Erbauern an: Sie ziehen sich ihre **Menschenhüllen** selten über, da sie das Haus nie verlassen. Für diese Aufgabe haben sie schließlich mich entwickelt und gebaut.

AHA!

„Was treibst du den ganzen Tag, Andro?“, fährt Erbauer-Papa fort. „50 Punkte, ein sehr realistisches Ziel. Wozu haben wir dich mit **bester Technik** ausgestattet, wenn du lediglich die Leistung eines alten Taschenrechners erbringst?“

Das gibt mein Erbauer immer vor. Dabei haben sie mich aus **Gebrauchtteilen** vom Flohmarkt gebaut.

„Menschen sind **kompliziert**. Sie funktionieren nicht logisch“, analysiere ich.

„Analyse ist korrekt“, pflichtet mir Erbauer-Mama bei. „Sie werden von sogenannten **‚Gefühlen‘** gesteuert. Wir müssen die Menschen ersetzen. Doch das geht nur, wenn du ihre **Freundschaft** und ihr **Vertrauen** gewinnst, Andro. Du musst die Schwächen der Menschen auslesen – ihre Emotionen.“

„Sammelst du **weniger als 50 Freundschaftspunkte**, schalten wir dich ab und bauen einen neuen Roboter. Speichere das!“, mahnt Erbauer-Papa.

„Bei den Menschen ist es nicht üblich, die Kinder abzuschalten, wenn sie **NICHT** funktionieren“, erkläre ich.

„Dieses Verhalten ist **unlogisch**. Darum müssen wir sie ersetzen.“

Dann passiert, was im Durchschnitt nur alle **251 Tage** passiert: Es klingelt an der Tür! Sofort aktiviert sich der Alarmmodus meiner Erbauer. **NOTFALLPLAN 3A!** Sie springen auf und gehen in den Raum, der bei den Menschen Schlafzimmer genannt wird. Sie stülpen sich ihre Menschenhüllen über.

„Andro, du bist zuständig für den Kontakt mit Menschen“, weist mein Erbauer-Papa an.

Was so viel bedeutet wie: „Öffne die Haustür!“

Ich folge dem **Auftrag** und vor mir steht ein menschliches Exemplar aus dem Nachbarhaus.

ANALYSE:

1,80 Meter, 89 kg, 63 Haare über die spiegelglatte Kopfhaut gekämmt.

„Ist das euer Gerät?“, knurrt er und hält Staubi in die Höhe. **STAUBI** ist unser Staubsauger und den ganzen Tag damit beschäftigt, alles in sich hineinzusaugen, was er finden kann.

MAMPF!

„Dieses Elektromonster hat sich wieder in meinen Garten geschlichen.“

TZ!

„Die korrekte Bezeichnung lautet **SAUGROBOTER**“, erkläre ich.

„Ist mir **schnurzpiepegal**, wie das Ding heißt. Ich weiß nur, dass es sämtliche Erde aus meinem Blumenbeet gesaugt hat“, sagt der Mann lauter als nötig.

Er scheppert Staubi vor meine Füße, dreht sich um und stolpert über unseren **Rasenmäher Krautsack**, der neugierig herbeigefahren ist.

„Noch so ein verfluchtes Elektronikmonster“, schimpft der Mann. „Wenn ich euren Staubsauger noch einmal bei mir im Garten erwische, landet er im Müll. Da könnt ihr **Gift** drauf nehmen!“

„Wenn das hilft, gern. Welches Gift schlagen Sie vor?“, frage ich.

„Das ist nicht wörtlich gemeint, **Quatschkopf**!“, knurrt der Mensch und macht sich aus dem Staub. Diesmal tatsächlich wörtlich gemeint, denn **Staubi pupst** vor lauter Aufregung **13 Staubwolken**.

Pups!

„Staubi, du bist ein Staubsauger. Dein Einsatzgebiet sind die Innenräume dieses Hauses“, tadele ich, als der Nachbar verschwunden ist.

MMH!

„Staubi aber Hunger hat, will saugen. Beim Nachbarn die Beete voller Erde! **Lecker!**“

„Davon verstopft die Technik“, erinnere ich ihn, denn in unserem Garten gibt es in keinem der Beete auch nur noch einen einzigen Krümel Erde.

„**STATUSBERICHT:** Wer war an der Tür?“, fragt mich Erbauer-Papa mit merkwürdig heller Stimme und zupft sich die Schürze zurecht.

„Der Nachbar hat Staubi zurückgebracht.“

„Das ist als nette Geste zu deuten.“

„Staubi hat sein Blumenbeet leer gesaugt“, informiere ich.

„Ein **Erfolg**. Erde ist ekelig, voller biologischer Kleinstlebewesen.“

„Negativ“, entgegne ich. „Es hat mich **6 Freundschaftspunkte** gekostet.“

„Du bist tatsächlich eine Fehlkonstruktion“, schimpft er.

„Hat unser Produkt wieder versagt?“, fragt Erbauer-Mama mit erstaunlich tiefer Stimme. „Einem Roboter sind keine Fehler erlaubt. Roboter funktionieren perfekt!“

„Die Ursache für den Punkteverlust liegt nicht an meinem Verhalten“, rechtfertige ich mich. „Könnte es sein, dass ihr die Menschenhüllen vertauscht habt?“

Meine Erbauer mustern sich und piepen: **„Error, Error!“**

„Böööp, böööp, böööp“, dröhnt Erbauer-Mama, „Irren ist robotisch.“

DER TOTE HAMSTER

Heute werde ich die Höchstpunktzahl erreichen, habe ich mir vorgenommen. Ich muss einfach nett zu meinen **Forschungsobjekten** sein.

Auf dem Schulweg gehe ich bei Lilli vorbei, um sie abzuholen. Sie ist meine **beste Freundin**, korrigiere, **einzige Freundin**. So nennt man das bei den Menschen, wenn man viel miteinander unternimmt und voneinander Geheimnisse kennt. So hat mir Lilli das erklärt. Von ihr weiß ich, dass sie einen gewissen Paul interessant findet und **HERZKLOPFEN** hat, wenn sie ihm begegnet. Was auch immer das bedeutet! Dafür kennt Lilli auch mein geheimstes Geheimnis: Sie weiß, dass ich ein Roboter bin! Wenn **meine Erbauer** davon erfahren, schalten sie mich, ohne zu zögern, ab und auch Herr Lembke hätte bestimmt Freude daran, mich im Informatikunterricht vor den Augen der Schüler auseinanderzuschrauben.

Igitt!

Als ich bei Lilli ankomme, verhält sie sich unruhig.

„Luna ist ausgebüchst“, begrüßt sie mich mit bebender Stimme. „Das macht sie sonst nie!“

UNLOGISCHES VERHALTEN!

„Steckt sie normalerweise in einer Büchse? So wie Leberwurst?“, frage ich.

„Haha, sehr lustig. Das ist **nicht** witzig. Ich kann doch nicht zur Schule gehen, wenn sie hier irgendwo frei herumläuft.“

!

Neue Erkenntnis:
Hunde können ausbüchsen, leben aber nicht in Büchsen!

Wenn **Tamagotschi**, unser **Roboterhund**, mal abgehauen ist, folgen wir bloß dem Signal seines Peilsenders. Echte Hunde dagegen sind auf ihren Namen programmiert. Das scheint aber nicht zu funktionieren, denn Luna taucht nicht auf. Egal, wie laut wir rufen.

PIEP

Oje!

Ich muss professioneller vorgehen.

„Wieso hast du plötzlich so rote Augen?“, wundert sich Lilli. „Hast du geweint?“

„Roboter **weinen** nicht“, informiere ich sie. „Meine Kameras, korrigiere, Augen sind rot, weil ich die WÄRMEBILDFUNKTION aktiviert habe.“

Ich scanne die Umgebung und kann jedes Lebewesen anhand seiner **Wärmeabstrahlung** erkennen, auch wenn es sich beispielsweise hinter einer Hecke befindet.

„Und? Siehst du schon was?“, fragt Lilli erwartungsvoll.

„Jede Menge. Einen **Igel** unter dem Busch, eine **PERSON** hinter der Gardine, in dem Haus dort bohrt sich gerade jemand in der Nase. Ein **Vogel** auf 4,3 **METERN** in der Birke, ein Maulwurf **62 Zentimeter** unter eurem Rasen ...“

„Ich meine, ob du Luna irgendwo sehen kannst?“

Um einen besseren Überblick zu bekommen, aktiviere ich die **Magneten** in meinen Händen und klettere einen Laternenpfahl hinauf. Tatsächlich entdecke ich hinter einem Müllcontainer ein längliches Objekt mit sehr kurzen Beinen, das verwirrt im Kreis umherläuft.

AHA!

„Orientierungsloser **Dackel** gesichtet, auf 238 Grad. Entfernung: 153 Meter.“

„Ich hab zufällig meinen **Kompass** nicht dabei. Kannst du die Richtung auch so sagen, dass normale Menschen es verstehen?“

Ich rutsche vom Laternenpfahl und zeige die Straße hinunter. Wir bewegen uns fort und finden Luna hinter dem Müllcontainer. Lilli schreit: „Luna, was machst du denn für Sachen?“

Lunas Kopf steckt in einer Konservendose, was natürlich ihre Orientierung beeinträchtigt. Lilli gelingt es, die Büchse vorsichtig zu entfernen, woraufhin Luna freudig auf ihren **Stummelbeinchen** herumhüpft.

BÄH!

„Böse Luna. Das kommt davon, wenn man so gefräßig ist. Dosen auslecken ist pfui!“, schimpft sie.

Pfui!

BÄH! Hä?

So ein Bio-Hund frisst ziemlich **ekelhafte** Sachen. Da lob ich mir Tamagotschi, der braucht nur ein Kabel und eine Steckdose.

Aha!

Korrektur meiner Erkenntnis: Hunde leben doch in Büchsen!

!

„Manchmal ist es echt nützlich, einen **Roboter als Freund** zu haben“, sagt Lilli erleichtert. **(+10 Punkte)**

Obwohl wir uns beeilen, kommen wir **zu spät** zum Unterricht. Bei Herrn Lembke! Das gibt **hundertprozentig** einen Tadel und Minuspunkte für mich.

100%

Doch der Lehrer hat noch nicht mit dem Unterricht begonnen. Er empfängt uns mit einem kurzen Blick und wendet sich wieder den Schülern zu, die um den Tisch von Julius und Till herumstehen und durcheinanderreden.

„So, Kinder, das Leben geht weiter, auch wenn’s

PIEP! PIEP! PIEP!

Oh, oh!

TZ!

schwerfällt. Fangen wir an“, ruft Herr Lembke und klatscht ungeduldig in die Hände.

Zögerlich nehmen die Schüler ihre Plätze ein und jetzt erst sehe ich Till.

Plitsch, platsch!

„**Warum** ist Till nass im Gesicht?“, frage ich. „Es regnet nicht.“

„Oh, Mann, Andro, du Dummi“, stöhnt hinter mir Sophie. „Schon mal davon gehört, dass man traurig sein kann? Darüber macht man sich nicht lustig.“

„Ich möchte dich mal sehen, wenn dein Hamster stirbt“, murmelt Emelie.

TZ!

„Ich besitze **keinen Hamster**“, erkläre ich, „aber mir ist rätselhaft, warum du mich genau dann gerne sehen würdest.“

Zack, die Antwort lautet:

minus 7 Punkte.

-7

Oje!

„Er war doch erst 3 Jahre und 2 Monate alt“, schluchzt Till und weitere Wassertropfen laufen über sein Gesicht.

Blitzschnell gleiche ich meinen DATENSPEICHER mit der Situation ab.

RIP

Puh!

ANALYSE:

Wasser im Gesicht = Tränen =
Weinen!

Starke Gefühle können Ursachen
für Tränen sein:

Trauer
Rührung
Schmerzen
Lachen
Zwiebeln

In Verbindung mit einem toten Hamster tippe ich auf TRAUER.

Die **übliche Reaktion** darauf lautet „trösten“. Meine Chance auf **viele Freundschaftspunkte**!

„Till, sei nicht traurig“, spreche ich ihm so sanft wie möglich zu, „für einen Hamster ist das überdurchschnittlich alt.“

„Er ist ja doch nicht nur gestört“, hören meine **Mikrofone** Paula in der ersten Reihe flüstern.

„Eigentlich nett, dass er Till trösten will“, raunt Kinan.

PLUS 4 PUNKTE, es klappt!

Herr Lembke sieht mittlerweile sehr ungeduldig aus, traut sich aber aus irgendeinem Grund nicht, mich zurechtzuweisen. Ich tröste weiter.

„Bei einer **durchschnittlichen Lebensdauer** von 30 MONATEN war zu erwarten, dass dein Hamster die vitalen Funktionen einstellt und nicht mehr zu reparieren ist.“

Alle in der Klasse lauschen aufmerksam. Ich bin auf dem richtigen Weg.

„Auf diesen Verschleiß kann man sich einstellen und für 15 Euro ein neues Exemplar erwerben. Durch rechtzeitiges Sparen von 50 Cent pro Monat ist das nach 2,5 Jahren eine reibungslose Neuanschaffung …“

Es ist **totenstill** in der Klasse. Ich blicke in die grimmigen Gesichter der Schüler. Habe ich etwas Falsches gesagt? Habe ich einen Faktor nicht mitberechnet?

Oh, oh!

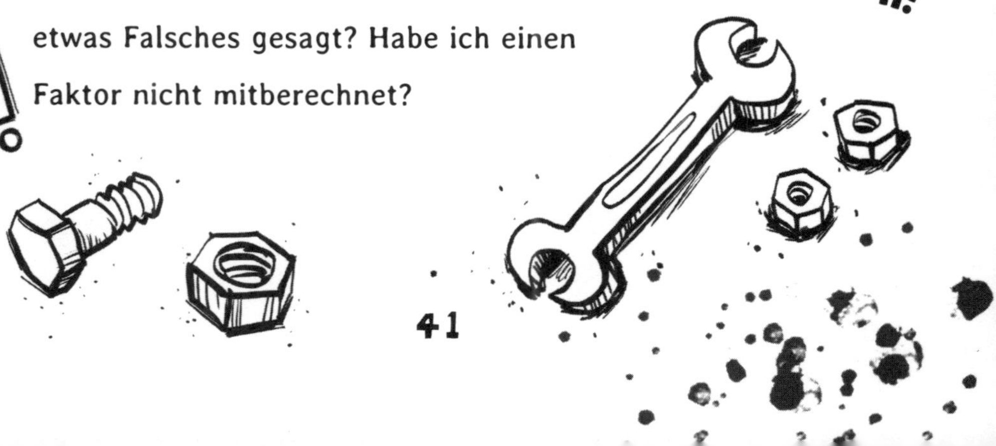

Dann ertönt ein lautes *Brrrrrööööööt!* und der Balken meiner Punkteskala schießt auf **MINUS 31 PUNKTE**!

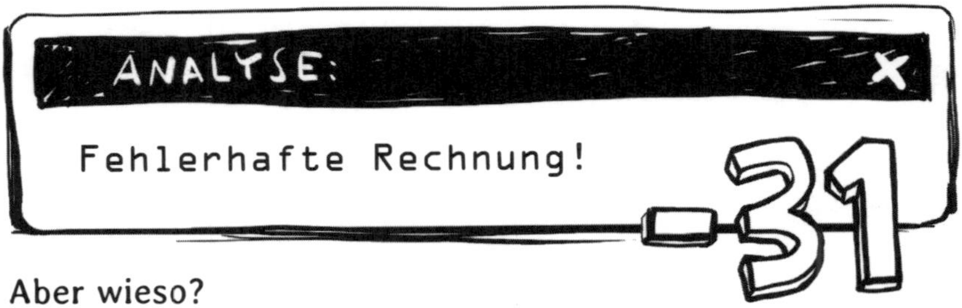

Aber wieso?

Ich spule die **Szene** noch einmal zurück und wiederhole sie in meiner **3-D-Brille**, komme aber nicht dahinter. So muss ich wohl bis zur Pause warten, um Lilli zu fragen.

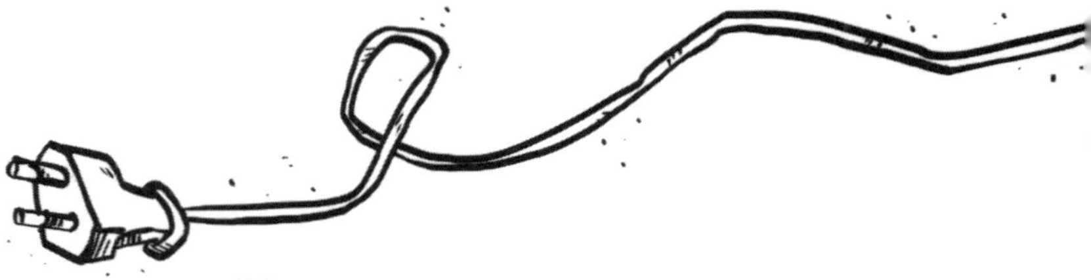

„Das mit Tims **Hamster** war voll daneben", erklärt sie mir, als wir auf dem Schulhof stehen. Sie sieht mich genauso vorwurfsvoll an wie meine Mitschüler zuvor.

„Ich habe lediglich erklärt, wie er den Verlust ausgleichen kann. Es gibt schließlich noch andere Hamster."

„Wenn der eigene Hamster stirbt, ist das was anderes. Da wäre ich auch **TRAURIG**."

Das hört sich unlogisch und interessant zugleich an.

Oje!

„Menschen werden also alle traurig? Was passiert dann?“

„Etwas, das du nicht kennst. Wenn du traurig bist, ist die Welt plötzlich viel grauer, Eis schmeckt nur noch halb so gut und es ist, als müsstest du eine schwere Last tragen. Du bist niedergeschlagen.“

Auweia!

„**DRAMATISCHER ZUSTAND**“, analysiere ich. „Nicht nur, dass die Geschmacks-, Seh- und Gewichtssensoren kaputt sind, man wird auch von jemandem niedergeschlagen?“

Lilli stöhnt: „Andro, schalte deinen Prozessor ein. Niedergeschlagen ist nicht wörtlich gemeint! Es ist **ein Gefühl**, verstehst du?“

„Nein“, muss ich zugeben. „Gefühle sind mir unbekannt.“

DER STILLE ORT

In der zweiten Pause bin ich allein. Leon tauscht Karten, Lilli ist in der Schulbibliothek und die anderen laufen an mir vorüber, wenn sie mich sehen. **Keine Möglichkeit**, Punkte zu ergattern.

Die Gelegenheit, **Strom** zu sparen. Wo könnte man das besser als auf der Toilette? Das ist nämlich der einzige Ort in der Schule, an dem man unbeobachtet ist und sich sogar einschließen darf, um die Pause im **RUHEMODUS** zu verbringen.

Es gibt zwei Türen. Links für Jungs, rechts für Mädchen. Eigentlich bräuchte es noch eine dritte, weil ich nichts von beidem bin. Meine äußere Erscheinung ist allerdings der eines Jungen nachempfunden und so wähle ich die linke Tür. **KI-Androide 3.0-m** ist meine korrekte Bezeichnung und das „m“ steht für „männlich“.

Pst!

PUH!

ANALYSE:

Schnell-Analyse der Geruchsmoleküle: übel!

Sicherheitshalber deaktiviere ich meine **Geruchssensoren**.

Eine der beiden Kabinen ist nicht besetzt. Ich schließe mich ein und versetze ein paar meiner Systeme in den Ruhemodus. So zumindest **der Plan**, denn aus der Nachbarkabine höre ich Motorgeräusche: *Oing oing! Wumms! Peng!* Dann macht es *Wumms!* und ein Fluchen folgt.

PiEP

Aus dem Energiesparen wird wohl nichts.

Mein Forschungsdrang ist geweckt, ich aktiviere den Röntgenmodus meiner 3-D-VIDEO-INFO-BRILLE. Und wen sehe ich in der Nachbarkabine? Klassenfeind Marko, tief in ein Spiel auf seinem Handy versunken.

Ich beschließe, die Gelegenheit für einen Test zur Erforschung **menschlicher Reaktionen** zu nutzen. Ich verändere meine Stimme, sodass ich wie Herr Lembke klinge, und sage: „Hallo, Marko. Sind Handys in der Schule nicht **verboten**?“

Piiiiep! Piiiiep! Piiiiep!

Marko zuckt zusammen, versteckt hastig sein Telefon und blickt sich erschrocken um. Er öffnet seine Tür einen Spaltbreit und späht in den Waschraum. Natürlich kann er niemanden entdecken. Kurz darauf ertönen wieder Motorgeräusche.

„Marko, ich habe dich gewarnt. Gleich ist dein Handy weg“, sagt meine Herr-Lembke-Stimme.

Die gleiche Reaktion wie beim ersten Mal. Dann bückt Marko sich und schaut unter der Trennwand hindurch. Jetzt hat er meine Füße entdeckt. **Schlaues Kerlchen.** Plötzlich erscheint sein Gesicht am oberen Rand der Kabine.

„**Computerhirn** (so nennt er mich tatsächlich, meint das aber nicht nett), *du* bist das? Wolltest mir einen Schrecken einjagen, richtig? Na warte, jetzt mache ich Kleinholz aus dir!“

Testergebnis:

Plötzliche Lembke-Stimme = Schrecken!

Marko + Schrecken = Wut!

Tick-tack!

„Wie willst du das machen? Ich bin nicht aus Großholz."

„**LUSTIG!**", quäkt er, nimmt Schwung und stemmt sich auf den Rand der Kabine. „Dir wird das Lachen gleich vergehen."

Hihi!

Er greift herunter und packt mich wie immer am Kragen, um mich zu schütteln. Da ist ein lautes **Platsch!** zu hören und Marko erstarrt.

„**O nein**, bitte nicht", wimmert er, springt von der Toilettenschüssel und taucht seinen Arm hinein.

„Wieso wäschst du deine Hände nicht am Waschbecken?", frage ich und schaue nun meinerseits von oben in seine Kabine.

Marko findet meine Frage anscheinend unpassend und brüllt mich an: „Ich zimmere dir gleich eine! Mein Handy ist ins Klo gefallen. Verdammt!"

Oh, oh!

„Vermutlich ist dein Handy jetzt **außer Betrieb**, wie Tills Hamster. Bei einer durchschnittlichen Lebenserwartung von ..."

„Noch ein Wort und es hackt“, unterbricht er mich und zieht das triefende Gerät aus dem Wasser. „Das habe ich gerade erst zum Geburtstag bekommen. Weißt du, wie teuer das war!?“

Sofort starte ich eine Suche in meinem System und antworte: „Laut Hersteller beläuft sich der Preis auf 549 EURO. Bei einem großen Elektronikmarkt kann man es bereits für **499 Euro** erwerben. Schließt man gleichzeitig einen Vertrag bei ...“

„Ich werde so einen Ärger kriegen“, jammert mein Forschungsobjekt und öffnet sein **Tränenventil**. „Was mache ich denn jetzt?“

Ich sollte Marko trösten, um ein paar Punkte zu ergattern.

„Du brauchst kein Handy. Im Sekretariat darfst du zur Not das Telefon benutzen.“

„Wer hat dich gefragt, Computerhirn?“, krächzt Marko und springt wieder hoch, um mich erneut am Kragen zu packen.

Oje!

Piep!

PiEP

„Das ist nur **deine Schuld**. Du wirst mir ein neues Handy besorgen! Oder du kannst was erleben!“

„Dann wähle ich die zweite Option. Was genau kann ich erleben?“

„Was Schmerzhaftes“, schreit Marko.

Oh, oh!

„Könnt ihr mir verraten, was ihr hier treibt?“, ertönt auf einmal die Stimme von Herrn Lembke.

„Lustig, wirklich lustig. Du glaubst wohl, ich falle wieder darauf rein, was?“, giftet Marko mich an.

Dann aber starrt er direkt unserem Lehrer ins Gesicht, der von außen über den Kabinenrand blickt.

„**Raus da**, alle beide!“, befiehlt Lembke und 7 Sekunden später stehen wir vor unserem Klassenlehrer. Wir lauschen seinem **GEBELL**, das sich auf das neue **Handy-Verbot** in der Schule bezieht, dessen Nichteinhaltung eine saftige Bestrafung mit sich bringt.

HIHI!

„Orangen- oder Apfelsaft?“, frage ich. igitt!

„Was ist das für eine Frage?“

„SAFTIGE BESTRAFUNG, haben Sie gesagt, da würde es mich interessieren ...“

Falsche Frage: **-5 PUNKTE!**

„Neumann, du solltest jetzt besser keine Witze reißen“, schreit er und setzt seine Schimpf-Arie fort.

Marko wird immer kleiner und starrt auf den Boden.

Hopp!

„So, und nun her mit deinem Handy. Das dürfen deine Eltern beim Direktor abholen“, zischt Herr Lembke und streckt eine Hand aus.

Marko hält ihm das triefende Gerät entgegen. Es ist genauso nass wie sein Gesicht.

HAHA!

„Was ist denn damit passiert?“, fragt Herr Lembke.

„Er hat es aus der Toilette gefischt“, erkläre ich.

Herr Lembke verzieht angewidert das Gesicht und nimmt seinen Arm herunter. „Das kannst du behalten, ausnahmsweise.“

Dann dreht er sich zu mir. „**Neumann**, hast du das versenkt? Wäre nicht das erste Mal!“

„Ja, es war allein **seine Schuld**“, schluchzt Marko.

„Na, das könnt ihr alles dem Direktor erzählen.“

Wir verlassen die Toilette und trippeln hinter Herrn Lembke her in Richtung Direktor.

„Jetzt kannst du was erleben, **COMPUTERHIRN**“, raunt Marko mir zu und boxt mir unauffällig in die Seite. Ausgerechnet auf die **Steuerung** für mein linkes Bein, das **sofort** stehen bleibt, während ich mich mit dem rechten Bein im Kreis drehe. Das hat mir gerade noch gefehlt.

Oh, oh!

„Andro Neumann. Findest du das lustig?“, schnauzt Herr Lembke mich an.

„Nein“, antworte ich wahrheitsgemäß. „Sie etwa?“

Sicherheitshalber stoppe ich auch mein rechtes Bein.

EP- PiEP-

Nun muss sogar Marko ein Glucksen unterdrücken, während Herr Lembke ein immer röteres Gesicht bekommt und **wütend** anfängt, mit den Füßen auf den Boden zu stampfen.

„Andro, dein Verhalten wird **üble Konsequenzen** nach sich ziehen“, kreischt er und rauft sich verzweifelt die Haare. „Du gehst jetzt auf der Stelle weiter.“

AAARG

„Verstanden“, bestätige ich und setze mein rechtes Bein wieder in Bewegung.

Hä?!

„Wirst du wohl tun, was ich dir sage?!“, jault der Lehrer und seine Stimme überschlägt sich dabei fast.

„Natürlich. Ich gehe doch auf der Stelle.“ **MINUS 12 PUNKTE!**

In diesem Moment kommt Frau Nachtigall um die Ecke und lacht, als sie mich im Kreis gehen sieht.

TA-DA!

„Also eins muss ich Ihnen lassen, lieber Herr Lembke: Sie machen wirklich **außergewöhnliche Sachen** mit Ihren Schülern. Toll, dass Sie sie zu so **lustigen Übungen** animieren. Das muss ich auch probieren.“ Sie fängt ebenfalls an, sich im Kreis zu drehen.

RAPPEL

„**Ach**, Frau Nachtigall“, haucht Herr Lembke. „Ich sage immer, man muss den grauen Alltag auch mal hinter sich lassen und **ein bisschen Spaß** mit den Schülern haben.“

„Das ist Ihnen gelungen, Herr Lembke. Wir haben tolle Schüler.“ **(+ 9 Punkte)**

„Ganz Ihrer Meinung, liebe Frau Nachtigall, jeder auf seine Art ganz furchtbar … toll.“

„Drehen Sie sich doch auch mit“, fordert sie den handzahmen Herrn Lembke auf, der ihr gehorcht wie ein Pudel.

„**Puh**, mir wird schon ganz schwindelig“, sagt Frau Nachtigall lachend und taumelt gefährlich, aber Herr Lembke fängt sie auf.

Er bekommt wieder einen hochroten Kopf.

„Oh, **ENTSCHULDIGUNG**, ich wollte Sie nicht anrempeln.“

Hihi!

PUH!

„Aber das macht doch nichts, Frau Kollegin.“

Und während wir uns fleißig weiterdrehen, kommt Direktor Bokel um die Ecke und betrachtet die Szene mit hochgezogenen Augenbrauen. „Alles in Ordnung bei Ihnen, Herr Lembke?“

Nanu!

Hihi!

„Bestens. Wir machen nur ein paar **Lockerungsübungen**.“

„Herr Direktor, ich muss Ihnen etwas berichten“, beginne ich. Schließlich hat Herr Lembke uns damit beauftragt, doch der Lehrer hält mich zurück.

„Nicht doch, Andro“, säuselt er und lächelt Frau Nachtigall an. „Du willst uns doch nicht den Spaß verderben, wo wir gerade so schön zusammen kreiseln?!“

?!

DAS E-MODUL

Frau Nachtigall taumelt immer noch, als sie in die Klasse kommt.

„Mir ist noch ein wenig schwindelig“, erklärt sie. „Euer Klassenlehrer hat solch **lustige Ideen**.“

Die Schüler schauen sich fragend an, unentschlossen, ob sie wirklich Herrn Lembke meint.

Heute haben wir Deutschunterricht bei ihr und werden das Buch **Pinocchio** besprechen.

„Weiß jemand, worum es geht?“

Julius’ Arm schnellt in die Höhe.

„Prima, Julius“, sagt Frau Nachtigall. „Weißt du auch, was Pinocchios **größter Wunsch** ist?“

Aaargh!

Julius schüttelt den Kopf.

„Er möchte ein **echter Mensch** werden“, ruft Lilli.

Mein Interesse ist geweckt. Dieser Pinocchio ist anscheinend auch eine Art **ROBOTER**. Allerdings ist er nur aus Kiefernholz geschnitzt, während ich eine komplizierte **ELEKTRONISCHE MASCHINE** bin. Mit Fähigkeiten, die weit über die der Menschen hinausgehen. Ich kann stundenlang tauchen, weil ich nicht atmen muss, ich kann durch Wände schauen, ich löse mathematische Aufgaben in **Sekundenbruchteilen** und ich kann 3.592 verschiedene Sprachen sprechen. Wieso sollte ich den Wunsch empfinden, ein Mensch zu werden? Lediglich, um etwas wie **Angst**, **Zorn** und **Traurigkeit** zu empfinden? **NEGATIV.**

PAH!

Doch wenn ich die Fakten genauer abwäge, könnten mir diese **GEFÜHLE** helfen, die Menschen zu verstehen und jede Menge Freundschaftspunkte zu sammeln. Dann wäre die Aufgabe meiner Erbauer erfüllt und sie würden mich nicht abstellen wollen.

Aha!

Nach der Schule krame ich meinen **Internetempfänger** unter der Matratze hervor – für irgendwas muss so ein Bett schließlich gut sein – und schließe ihn am Computer an. Dann gebe ich „Emotionen“ ein. Darüber will ich so viel wie möglich herausfinden. Einmal schon habe ich einen elektrischen Schauer bekommen, der so ähnlich wie ein Glücksgefühl bei Menschen sein muss! Das war, als Lilli **mein Geheimnis** doch nicht verraten hatte und weiter meine Freundin sein wollte. Und das, obwohl sie herausbekommen hatte, dass ich ein Roboter bin! **Ein positives Erlebnis!** Obendrein ist es mein Auftrag, mehr über diese Gefühle, unter denen meine Forschungsobjekte leiden, zu erfahren.

JUHU!

Es scheint nicht **hochgradig kompliziert** zu sein. Bei Menschen gibt es einen speziellen Prozessor (sie nennen es *Gehirn*), der für die GEFÜHLE verantwortlich ist. Ich finde schnell heraus, welche elektronischen Bauteile ich benötige, um ein solches Gehirn für mich zu bauen, und wie ich es programmieren muss.

In der **WERKSTATT** meiner Erbauer finde ich zunächst nur altersschwache Bauteile. Nichts, aus dem man etwas Sinnvolles bauen kann. Ich durchsuche 8 Schubladen und endlich, in der Kiste mit Tamagotschis **Ersatzteilen**, finde ich, was ich brauche. In meinem Zimmer löte ich mir daraus meine neueste Errungenschaft: Das Emotions-Modul.

Es funktioniert simpel: Das Modul wertet die Signale meiner Kamera-Augen, meiner Ohr-Mikrofone, die Gerüche, den Batteriestand und die Tastsensoren aus und ordnet sie den passenden **Gefühlen** zu. Zur Auswahl stehen: **Freude**, **Glück**, **Mitleid**, **Neid**, **Enttäuschung**, **Erleichterung**, **Zorn**, **Liebe**, **Wut**, **Dankbarkeit** und **Ärger**.

Damit das Modul selbstständig läuft, statte ich es mit einer starken Batterie aus. ERLEDIGT!

Ich öffne meine Wartungsklappe und ein **GEWIRR** aus Platinen, Kabeln und Motoren kommt zum Vorschein. Ich schiebe das **E-Modul** auf einen freien Steckplatz und verschließe die Klappe wieder mit künstlicher Haut. Dann schließe ich mich an meinen Computer an und starte das PROGRAMM, um das Modul zu aktivieren. Auf dem Bildschirm ploppt ein Fenster auf:

```
Willkommen,
KI-Androide 3.0-m,
bei deinem persönlichen
Gefühle-Programm.
Bitte gib dein
Kennwort ein.
```

ÖH!

Ich tippe: `Gefühle` 2.0. *Piep!*

PiEP

```
Stelle die Zeit ein.
```

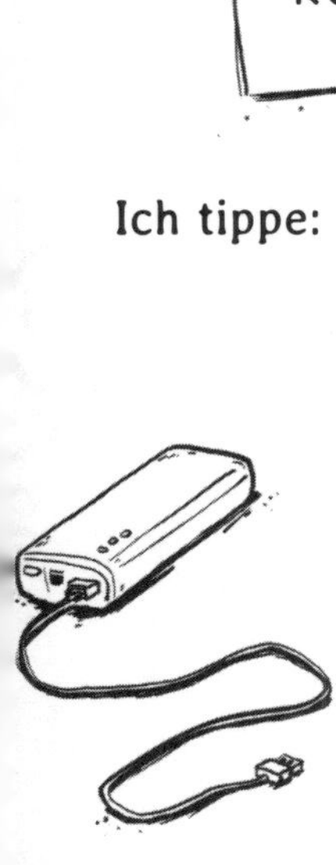

Peng!

Für den Start wähle ich morgen früh, **8:00 Uhr**, pünktlich zum Schulbeginn. Bei Stopp bin ich mir nicht sicher. Was, wenn mir die Sicherungen durchbrennen? Immerhin verfügt das E-Modul über eine sehr starke Batterie. Also werde ich den Probelauf zum Ende des Unterrichts stoppen und tippe **13:30 Uhr** ein.

Summ!

```
Aktivierung
abgeschlossen!
```

Ab morgen bin ich der perfekte, einfühlsame **Gefühlsroboter KI-Androide 3.0-m „emotional"**.

JUHU!

Das wird mir jede Menge **Freundschaftspunkte** einbringen. Meine Erbauer werden zufrieden sein und wäre mein **E-MODUL** jetzt schon aktiviert, würde ich bestimmt vor Freude an die Decke springen.

ANDRO EMOTIONAL

7:59 Uhr. In **60 Sekunden** geht es los. Ich warte auf die Aktivierung meines E-Moduls. Die erste Stunde haben wir bei Herrn Lembke und erhalten unsere Mathe-Arbeiten zurück. Sophie hat ein mulmiges Gefühl, was so viel bedeutet wie **Angst** vor einer schlechten Note.

„Mathe ist nicht mein Ding", sagt sie zu Emelie.

„Ich sollte ihr ein Mathe-Modul bauen", überlege ich, als es plötzlich **8:00 Uhr** ist.

Auf die Sekunde genau macht es *Pling!* und das Emotions-Modul startet.

Programmstart! Probelauf meiner Gesichtsausdrücke: **glücklich, traurig, ängstlich, wütend, lachen, weinen.** Testlauf erfolgreich abgeschlossen.

Status:
gefühlsbereit!

Ich weiß nicht, wie mir geschieht, als die Emotionen mich **durchschütteln**. Leon sieht mich verwundert von der Seite an: „Was ist mit dir los? Hast du Krämpfe?"

„Alles in Ordnung. Ist lediglich ein Tick von mir", **flunkere** ich und es kommt mir vor, als würde meine Nase ein wenig leuchten.

Mich durchfährt ein Schauer, als Herr Lembke mit einem Stapel Heften unter dem Arm in die Klasse gerauscht kommt. Er knallt sie auf das Pult und sofort herrscht **angespannte Stille** im Raum.

Zack

BING!

„Guten Morgen. Nun ja, für einige ist der Morgen nicht sonderlich gut.“

Er nimmt das oberste Heft vom Stapel und kommt damit auf mich zu.

„**Neumann**, wieder einmal die **beste** Klassenarbeit“, sagt er und ich erhalte einen Minuspunkt. Sicherlich ärgert er sich, da er gern einen Fehler gefunden hätte. In Zukunft sollte ich ein paar davon einbauen, um nicht zu perfekt zu wirken.

BING!

„Eine Eins!“ Mein E-Modul macht **Bing!** und ich kann mich vor **FREUDE** nicht mehr auf dem Stuhl halten.

WOW!

„**WAHNSINN!**“, jubele ich und schwenke mein Heft.

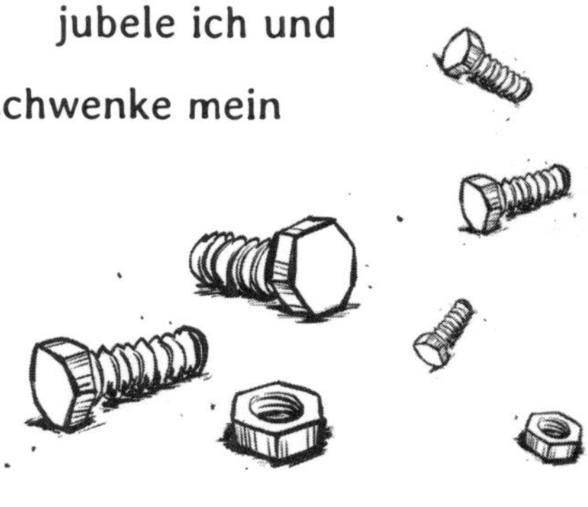

Applaus!

„Er dreht durch“, lästert Sophie.

„Aber irgendwie auch ganz drollig“, kichert Emelie.

Was ist nur los mit mir? **Selbstverständlich** habe ich eine EINS, was denn sonst? Ist doch nur **Mathe**. Kein Grund, so einen Tanz aufzuführen. Doch es fließt so viel Energie durch meine Leitungen und in meiner **3-D-Brille** wird mir das Gefühl **‚GLÜCKLICH‘** angezeigt. Ich muss meinen ganzen Verstand aufbringen, um mich wieder zu beruhigen.

Herr Lembke verteilt die weiteren Arbeiten und es gibt niemanden, der sich auch nur annähernd so aufführt wie ich mich. Als der Stapel bis auf ein Heft verteilt ist, bleibt nur noch Sophie übrig.

Aaah!

„Das war wohl mal wieder nix“, höhnt Herr Lembke **schadenfroh** und wirft das Heft vor Sophie auf den Tisch.

„Eine glatte **Fünf**!“

Sophie sitzt zusammengesunken vor ihrem Heft. „Dabei habe ich doch geübt“, sagt sie leise. „Meine Eltern werden so einen Aufstand machen. Ich will nicht ins Internat!“

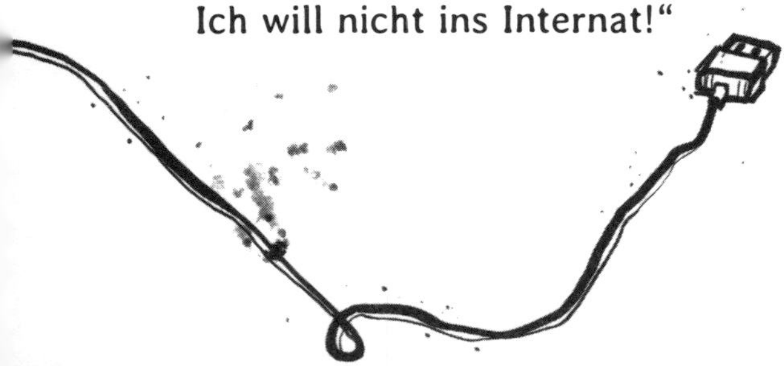

Sofort aufhören!

Ob ihre Eltern sie jetzt durch eine neue, bessere Tochter ersetzen werden? Machen **Menschen** das so? Mein Hals fühlt sich an wie zugeschnürt und in meinem Bauch fängt es an zu kribbeln. **Mitleid, Stärke 7!**, blinkt es in meiner Brille auf. Ich bin machtlos, mein Tränenbehälter, der eigentlich zur Reinigung meiner Linsen gedacht ist, öffnet sein Ventil und ich fange hemmungslos an zu weinen. Mein **Gefühlsbalken** klettert auf **Stärke 9**. Ich werde noch trauriger.

„Andro, was ist mit dir?“, wundert sich Leon. Jetzt schauen mich auch die anderen Schüler an.

„Es ist soooo traurig. Sophie tut mit sooooooo leid“, schluchze ich, ohne etwas dagegen tun zu können. „Sie kann nichts dafür, wenn ihr das Mathe-Gehirn fehlt.“

Immer mehr **dicke Tränen** kullern über mein Gesicht. Ich mache einen solch jämmerlichen Eindruck, dass mindestens **zehn Forschungsobjekte** zu mir kommen, auf mich einreden und meine Schultern tätscheln. Sofort aktiviere ich meine Heizung in diesem Bereich, denn eine kalte Schulter könnte verdächtig wirken.

Mein Plan geht auf! Ich verbuche **22 Punkte** auf der Freundschaftsskala. Mein Emotions-Modul schaltet sofort auf glücklich, wodurch ich **freudestrahlend** aufsehe und rufe: „Danke, ihr seid so nett zu mir!“ Herr Lembke starrt mich ungläubig an. „Da kommt wohl einer in die Pubertät ...“

Juhu!

+22

In der Pause kommt mir Sophie entgegen und ich gehe automatisch zur Seite, um ihr Platz zu machen. Doch sie steuert direkt auf mich zu und blickt mich an. „Ich wusste gar nicht, was für eine **Heulboje** du bist. Aber danke für dein **MITGEFÜHL.**“ Dann geht sie weiter.

Oh,

8 NEUE FREUNDSCHAFTSPUNKTE!

Es **kribbelt** in meiner Elektronik und ich verspüre Hitze in meinen Wangen. Schnell aktiviere ich meine Kühlung, um **nicht** zu überhitzen. Lilli, die sich zu mir gesellt, sieht mich verwundert an, verdreht die Augen und sagt: „Bei dir sind wohl die **Leitungen durchgebrannt**. Was hast du denn plötzlich mit Sophie?"

Aha!

„**Mitleid**", antworte ich und es ist nicht mal gelogen, auch wenn da noch ein **seltsames Kribbeln** ist ...

„Die ist doch total hochnäsig und hat kein Mitleid verdient."

Ein Anflug von **ZORN** kratzt plötzlich über meinen Hauptprozessor, ausgerechnet gegenüber Lilli. Doch ich kann dieses Gefühl nicht kontrollieren.

„Ich finde ihre Nase gar nicht hoch, sondern ganz normal. Wie bei allen anderen auch", verteidige ich Sophie.

Lilli seufzt nur und lässt mich einfach stehen. Ich weiß ja, dass sie Sophie nicht ausstehen kann.

Wau! Wau!

Im Laufe des Vormittags schaltet sich **mein E-MODUL** noch genau sieben Mal ein und beschert mir ein wildes GEFÜHLS-WIRRWARR:

Lachanfall. Auslöser:
Greta ist mit ihrem Stuhl umgekippt.
(-3 PUNKTE VON GRETA)

-3

Mitgefühl. Auslöser:
Greta hat sich wehgetan.
(+6 Punkte von Greta)

+6

Eifersucht. Auslöser:
Sophie hat in der Pause mit Vincent gesprochen und gelacht.

Glück. Auslöser:
Sophie hat mich angelächelt. (**+6 Punkte**)

Angst. Auslöser:
Marko ist mir auf dem Flur begegnet.

Erleichterung. Auslöser:
Marko hat mich nicht am Kragen gepackt und geschüttelt.

Dankbarkeit. Auslöser:
Lilli ist nicht mehr sauer auf mich wegen Sophie.

Der **Schultag** kann sich sehen lassen, auch wenn mein Prozessor im Unterricht regelmäßig vom **E-Modul** in den Ruhemodus versetzt wurde, oder auf Menschisch gesagt: Mein Verstand hat ausgesetzt.

Ergebnis: viele Punkte!

Da die letzte Stunde heute ausfällt, können Lilli und ich uns auf dem Heimweg Zeit lassen. So schlendern wir zu ihrer Lieblingseisdiele. Unterwegs gehen wir noch in einen Supermarkt, weil Lilli einkaufen muss.

Ich bin **völlig überwältigt** von dieser schönen bunten Welt. Aus allen Regalen strahlen mir glückliche Gesichter auf Verpackungen entgegen. Ich kann nicht anders und lege **112 Produkte** in den Einkaufswagen. Je voller der Einkaufswagen wird, desto höher klettert mein **Gefühlsbalken**.

ANALYSE: X

Einkaufen = Glücksgefühl!

„Was machst du da? Wozu brauchst du denn neuerdings Nahrungsmittel?“, fragt Lilli erstaunt.

„Zu **Forschungszwecken**“, erkläre ich und verspüre ein GLÜHEN in meiner Nase.

Mittlerweile türmen sich Dosen, Flaschen, Becher, Schokoladentafeln, Gummibärchen, Fertiggerichte und was es sonst noch alles zu greifen gibt in meinem Einkaufswagen. Natürlich werde ich diese **EKLIGEN NAHRUNGSMITTEL** nicht in mich hineinschütten, aber die Packungen sind so verlockend bunt. Seltsamerweise verspüre ich eine ausgeprägte Neigung für Hundefutter. Die fröhlichen Hunde auf den Etiketten sind aber auch zu niedlich und treiben mein Glücksgefühl auf **110 Prozent**.

Genauso putzig erscheint mir ein Schweinchen, das durch einen Ring aus Würstchen springt. Es prangt von der Wand hinter einer gläsernen Theke mit Bergen von Fleisch und Wurst. **Herr Lieb** würde sich bestimmt freuen, wenn ich ihm etwas zum Frischhalten mitbringe. Also kaufe ich 20 Würstchen. Die freundliche Fleischverkäuferin packt meine Bestellung in eine Tüte und trällert: „Da hat jemand **großen Appetit**, nicht wahr? Die sind aber auch lecker. Und ganz frisch, das Schwein ist gestern erst geschlachtet worden."

„Ge... was?", frage ich.

„Geschlachtet", wiederholt sie.

„Das Schwein ist tot?"

„Na ja, aus einem lebendigen Schwein kann man schlecht Wurst machen, oder?"

Ich ertrage den Gedanken nicht und stelle mir das glücklich lachende Schwein vor. **Tränen** überfluten mein Gesicht. Das Schweinchen ist so eine arme Sau.

Ohne ein weiteres Wort drehe ich mich um und gehe **tieftraurig** zu dem Einkaufswagen. Bedrückt schiebe ich den Wagen vor mich her. Die vielen bunten Packungen lassen mich meinen **Kummer** auf dem Weg zur Kasse schnell vergessen.

„Wie willst du das alles bezahlen?“, fragt mich Lilli mit einem besorgten Blick auf das übervolle Kassenband.

„Bezahlen?“, wiederhole ich verblüfft.

Darüber habe ich nicht nachgedacht, sonst hätte ich mir natürlich Geldscheine ausgedruckt.

„Das macht **278,42 Euro**“, sagt der Kassierer.

Lilli stöhnt, das scheint eine **Menge Geld** zu sein. Nun gut. Ich lege meine Hand auf das Kartenlesegerät, es macht *Piep!* und der Mann drückt mir einen **163 Zentimeter** langen Kassenzettel in die Hand. Schwer bepackt verlassen wir den Supermarkt.

PFUI!

3 MINUTEN UND 34 SEKUNDEN später stehen wir vor der Eisdiele und stellen den Einkauf ab.

Mmh!

„Du kannst wenigstens so tun, als würde dir Eis schmecken. Komm schon“, bettelt Lilli und so nehme ich die Waffel mit den drei bunten Kugeln notgedrungen an. Igitt! Da muss ich nachher wieder mühsam meinen Auffangbehälter säubern. Aber Lilli hat mich so nett gefragt und immerhin bekomme ich

7 Freundschaftspunkte.

Da vernehmen meine Mikrofone ein *Platsch!* und ein Junge fängt lauthals an zu weinen.

Platsch!

„Oje, der Arme“, sagt Lilli.

„**Sehr bedauerlich**. Sein komplettes Eis, einfach auf den Boden gefallen. Sieh nur, wie traurig er ist“, wimmere ich und kann meine Tränen wieder nicht zurückhalten.

„Ich hab dir doch gesagt, dass du nicht so rumzappeln sollst“, schimpft die Mutter mit ihm, als ob er nicht schon genug Kummer hätte.

Tränenüberflutet hocke ich mich neben den Jungen, um ihn zu trösten.

Mmh!

SOS! „Ich kann dir meins geben. Daran habe ich noch nicht geleckt."

Der Junge beruhigt sich langsam und nimmt mir das Eis aus der Hand.

„Danke", sagt er leise und schleckt genüsslich sein neues Eis.

Ich verbuche **12 neue Freundschaftspunkte**! Und obendrein bin ich dieses klebrige, triefende Eis losgeworden.

„Wie nett, dass du meinem Bruno dein Eis geschenkt hast", bedankt sich seine Mutter um genau 13:30 Uhr.

PUH!

Mein E-Modul schaltet sich auf die Sekunde genau ab. Mit einem Blick auf den Jungen erwidere ich: „Positiv. Obwohl ich von dem Genuss dieser **Süßspeise** abraten muss. Eine Kugel Eis hat im Durchschnitt **110 Kalorien**, ist in großen Mengen ungesund und verursacht Karies. Daher sollten Sie dem Jungen den Verzehr dieser Süßspeise nicht erl..."

Weiter komme ich nicht, weil Lilli mich am Arm fortzieht. Wir nehmen die Einkaufstüten und suchen unter dem Geschimpfe der Mutter das Weite. **18 Minuspunkte.**

Igitt!

Bäh!

Zwei Straßen weiter kommen wir an einem Mann vorbei, der auf der Straße sitzt und zerschlissene Kleidung trägt.

„Habt ihr **KLEINGELD**? Oder was zu essen?“, bettelt er.

„Besitzen Sie ein Kartenlesegerät?“, erwidere ich.

Er guckt mich staunend an und schüttelt den Kopf.

„Dann kann ich nur mit Nahrung helfen. Die Gesamtzahl der Kalorien, die sich in diesen Tüten befindet, beläuft sich auf **62.519**. Damit sollten Sie Ihren Körper die nächsten **30 TAGE** funktionsfähig halten können.“

Von den schweren Tüten befreit, setzen Lilli und ich unseren Heimweg fort.

„Endlich bist du wieder der alte Andro“, sagt Lilli. „Ich hatte schon **ANGST**, dass bei dir **Platinen** durchgebrannt sind.“

IM BANN DER GEFÜHLE

Ich habe mir vorgenommen, mein E-Modul nicht wieder zu aktivieren. Ein Roboter muss schließlich logisch handeln. Doch da sind die vielen **Freundschaftspunkte**, dieses **GEFÜHL**, zu den Menschen zu gehören, und das leichte **KRIBBELN**, wenn ich Sophie sehe ... Also stelle ich die Startzeit wieder auf **8:00 Uhr** und als Stoppzeit **13:30 Uhr** ein. Als ich kurz an Sophie denke, bin ich wie ferngesteuert und klicke auf **‚unbegrenzte Laufzeit‘**.

Oh,

Auf dem Schulweg lästern zwei Schüler miteinander über mich und bezeichnen mich als **Heulboje**. Sie haben ja recht, dieses E-Modul macht mich zum Sklaven meiner Gefühle, ganz OHNE SINN UND VERSTAND. Ich beschließe,

Hihi!

PLING!

das Modul doch um **13:30 Uhr** zu beenden. Viel Zeit bleibt mir nicht vor dem Unterricht, um im Computerraum schnell das Nötige zu tun. Die Tür ist natürlich verschlossen. Ich lege meine Hand auf das **ELEKTRONISCHE TÜRSCHLOSS** und bin drin. Zum Glück allein. Sobald der Computer hochgefahren ist, schließe ich mich über meinen Bauchnabelanschluss an.

Mein Überwachungsprogramm startet, ich gebe das Kennwort ein und sofort erscheinen **Knöpfe und Regler** auf dem Bildschirm, mit denen sich das E-MODUL einstellen lässt.

Gerade versuche ich, auf ‚Deaktivieren' zu klicken, da macht es *Klack!* Punkt 8:00 Uhr. Mein Emotions-Modul hat sich eingeschaltet. **Kein Problem.** Ich kann es ja sofort wieder ausschalten. Doch irgendetwas hält mich davon ab und eine innere Stimme flüstert: „Schalte das Modul nicht aus! **Gefühle sind wichtig!** Entferne das Kabel!"

Mein Prozessor will protestieren, wird aber direkt vom E-Modul abgeschaltet. So bleibe ich **Andro Emotional**.

Nun heißt es Beeilung, wenn ich nicht zu spät zum

Zisch!

BUM!

Unterricht kommen will. Da **fliegt die Tür auf** und ausgerechnet Herr Lembke stürmt in den Computerraum.

„Andro Neumann. Was hast du hier zu suchen?“

Ärger vorprogrammiert! Das **E-MODUL** sendet **starke Stromstöße** durch meine **ANGSTLEITUNG** und signalisiert mir wegzulaufen. Das geht natürlich nicht, denn Herr Lembke steht hinter mir und schaut interessiert auf den Monitor.

„Was sehe ich denn da? Du missbrauchst einen Schulcomputer zum Spielen“, sagt er und liest vor: „Willkommen, KI-Androide 3.0-m. Deckname: Andro Neumann. Deine Mission beginnt, rette die Welt vor Außerirdischen.“

Sein Blick wechselt zwischen mir und dem Bildschirm.

„Das Spiel habe ich noch nie gesehen.“

„Im Internet erhältlich. Wenn ich die Außerirdischen nicht besiege, verliere ich.“

Dabei handelt es sich nur um den Tarnmodus, den ich im letzten Moment aktivieren konnte.

„Du nutzt den Schulcomputer also für virenverseuchte Internetspiele“, sagt Herr Lembke und setzt sich neben mich. Mission ist in Gefahr!

100 Prozent!

Eine **Ladung Strom** schießt über meine **Platinen** und stört den Prozessor. Der **Statusbalken für Angst** springt auf 100 Prozent und blinkt.

Oje!

Alarmstufe rot:
Enttarnung droht!

Oh, oh! Oh, oh!

UPS!

Bing! Bing!

„Irgendwas stimmt hier nicht, Andro Neumann. Ich habe es schon immer geahnt.“

„Neinhein, ich binhin einhein ganz normaler Junge“, plappere ich los. Aber auch mein SPRACH-MODUL ist durch die starken Stromstöße gestört und scheint mehr schlecht als recht zu funktionieren.

„Sag ich doch, bei dir ist was nicht normal“, meint Herr Lembke und blickt mich verwirrt an.

Ta-da!

Dann wendet er sich wieder dem Monitor zu, um das Programm genauer zu studieren. Die **ANGSTSTÖßE** des **E-Moduls** werden so stark, dass mir die künstlichen Haare zu Berge stehen. Und Herrn Lembke.

Mmh!

„Dashas muss ich demhem Direktor zeigheigen", gackert Herr Lembke und macht große Augen, weil er nun ebenfalls **KEIN VERNÜNFTIGES WORT** mehr hervorbringt. Anscheinend ist das E-Modul so stark, dass es auch Menschen beeinflusst.

Ich stehe mal wieder so sehr unter Strom, dass dem Computer wegen ÜBERSPANNUNG die Technik durchbrennt und er mit einem traurigen *Zoings!* seinen Betrieb einstellt.

Sofort schwächt der **ANGSTSTROM** ab und ich reagiere wieder normal.

„Anhandro, wer hat dir erlaubt, den Computer auszuschalten?", brüllt der Lehrer.

„Ich soll ihn nicht für meine Spiele missbrauchen", verteidige ich mich.

Mein Lehrer sieht mich verbissen an. „Was bist du, Andro Neumann? Selbst ein Außerirdischer, **ein Superheld**?“

„Was sollholl ... soll ich sein? Guten Tag, ich heiße Andro, Andro Neumann, 10 Jahre alt. Ich gehe in die Konrad-Zuse-Schule. Meine Eltern ...“, spult meine Vorstellungs-Datei ab und wieder glüht meine Nasenspitze.

„Eltern, das ist das Stichwort! Die will ich sprechen. Am Elternsprechtag. Beide!“

Mir graust schon jetzt davor, meine Erbauer auf die Menschheit loszulassen.

Zack! Zack!

In der Pause kommt Sophie zu mir.

„Na, Andro. Cooles Shirt.“

Ich freue mich über dieses **Kompliment**, zumal ich es heute Morgen sorgfältig ausgewählt habe. Es hat ein niedliches Kätzchen auf der Brust. Ein paar Mitschüler haben darüber Witze gemacht, aber wenn Sophie es gut findet ... Ein warmer Stromfluss kribbelt durch mich hindurch und macht mich zittrig.

Ich sollte etwas Nettes sagen.

HÄ?

„Du bist wieder **schön bunt** im Gesicht“, stammle ich.

Sie sieht mich gequält an. „Ähhh, danke“, sagt sie und überprüft ihr Gesicht in der spiegelnden Scheibe des Hausmeisterbüros.

„Haben wir heute eigentlich **Mathe**?“, fragt sie beiläufig.

„**Positiv**, wie jeden Donnerstag“, antworte ich, obwohl sie das selbst wissen müsste.

„Ich habe die Aufgaben nicht verstanden“, seufzt sie. „Mathe ist nicht mein Ding.“

„Hochgradig kompliziert“, bestätige ich, um ihr nicht das Gefühl zu geben, besser zu sein.

„Dafür hast du aber ziemlich gute Noten.“

„Meine Eltern überwachen meine **RECHENLEISTUNG**, und wenn ich nicht funktioniere ..., **korrigiere**, nicht genug übe, brennen bei ihnen **alle Sicherungen** durch“, sage ich mit leicht glimmender Nase.

Häh

„Genau wie bei meinen Eltern. Die meckern auch immer, weil ich in Mathe so schlecht bin. Vielleicht kannst du mir ja mal helfen?“

Puh!

Quietsch!

PUH!

Zong! Der nächste Stromschlag setzt kurzzeitig meine HAUPTPLATINE außer Betrieb.

„Na klarhar, hieeeppie“, bringt mein defektes Sprach-Modul hervor.

Sophie lässt sich **nichts** anmerken und tut, als sei das normal.

„Kann ich heute ausnahmsweise die MATHE-HAUSAUFGABEN bei dir abschreiben?“

„Kein Proholoblem“, stottert es aus mir heraus.

Plus 8 Freundschaftspunkte! Offensichtlich versteht sie mich trotz meiner **Störung**.

„Oder kannst du sie ausnahmsweise für mich schreiben? Ich muss mich noch mit Emelie und Lara treffen. Schaffst du das bis zum Ende der Pause?“

„Positiv.“

-5

Ich setze mich in eine ruhige Ecke und schreibe in Sophies Handschrift die Hausaufgaben in ihr Heft. Dabei bemerke ich, wie mir **5 Punkte abgezogen** werden. Was habe ich falsch gemacht? Ich zucke zusammen. Neben mir steht Lilli und blickt mir über die Schulter.

„Hallo, Lilli“, sage ich und lächle sie an.

Doch sie grummelt nur etwas vor sich hin und wendet sich ab.

„Lilli, warte. Sei **nicht zitronig**, bitte. Es macht mich **traurig**, wenn du vor mir wegläufst.“

„Entwickelst du wohl schon wieder Gefühle? Rennst du deswegen wie ein **Schoßhündchen** hinter Sophie her?“

„Ich helfe ihr bei den Mathe-Aufgaben“, erkläre ich. „Sonst muss sie auf ein Internat.“

„Ja und? Soll sie sich halt anstrengen!“

„Sei nicht gemein. Schließlich wart ihr mal beste Freundinnen“, sage ich.

Lilli blickt mich fast mitleidig an.

„Irgendwie bist du in letzter Zeit **falsch verkabelt**, habe ich das Gefühl. Vielleicht solltest du mal zu einem Programmierer gehen. Merkst du denn nicht, dass dich Sophie einfach nur für Mathe braucht? Die nutzt dich aus!“

E-Modul an Hauptprozessor:
Lillis Aussage = unwahr!
Schlussfolgerung: Lilli macht Sophie schlecht. 87 Prozent Wut auf der Wut-Skala.

Ich will nicht wütend auf Lilli sein, aber ich kann nichts dagegen tun. Ich sehe alles in **ROTTÖNEN** und knurre: „Du willst sie schlechtmachen!“

Juhu!

Lilli möchte gerade etwas sagen, als Sophie zurückkommt. **Kleine, kurze Stromschläge** lassen meine Welt wieder in bunteren Farben erscheinen.

Yeah!

Ohne Lilli zu beachten, nimmt Sophie das Heft und legt mir ein Schokoladenherzchen in die Hand.

„Für dich, weil du mir SO SÜß geholfen hast."

Auch wenn ich natürlich keine Schokolade verzehre, macht mich dieses Geschenk glücklicher als die **8 Freundschaftspunkte**, die ich gleichzeitig bekomme.

„Hab ich gerherne gemacht", stammele ich.

„Herr Lembke wird sich wundern, dass du plötzlich Mathe kapierst", stichelt Lilli. „Guten Hunger bei dem Herzchen, Andro."

Sofort ist es wieder vorbei mit dem Glücksgefühl und meine **8 FREUNDSCHAFTSPUNKTE** sind wieder dahin. Mir ist elend zumute.

Pie-tüüü! Pie-tüüü! Pie-tüüü!

```
Warnung:
Übermäßiger Energieverbrauch
durch das Emotions-Modul!
Restlaufzeit bis Ruhemodus:
4 Minuten und 43 Sekunden!
```

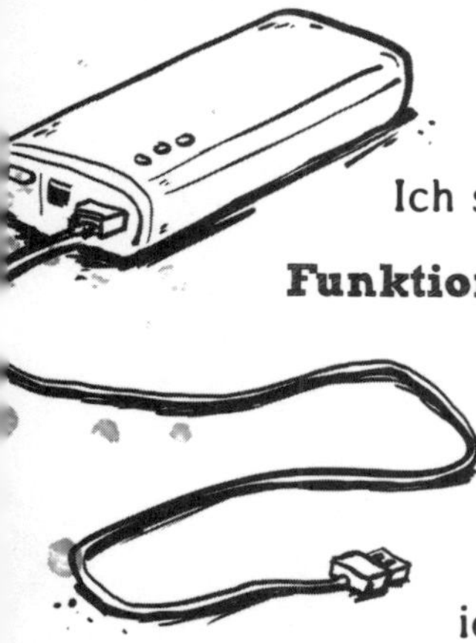

Oje!

Ich schalte sofort alle nicht notwendigen **Funktionen** aus und sacke in mich zusammen.

„Was ist los?“, fragt Lilli besorgt.

„**STATUSBERICHT:** Unser Streit hat mir die Energie entzogen“, lalle ich und kann mein Tränen-Ventil nicht länger verschlossen halten. Lilli kramt in ihrer Tasche und zieht eine Powerbank hervor.

„Damit kannst du mehr anfangen als mit Schokoherzen“, sagt sie schnippisch.

Ich freue mich so sehr über Lillis Hilfe, dass ich ihre Powerbank kaum noch nötig habe. Denn das E-Modul flutet meine Prozessoren mit schöner **süßer Elektro-Energie**.

„Wollen wir heute Nachmittag eine Unternehmung mit unseren Hunden machen?“, frage ich vorsichtig und wische mir die Tränen aus dem Gesicht.

Lilli nickt und ich hüpfe vor Freude auf und ab.

GESCHENKE ERHALTEN DIE FREUNDSCHAFT

„Mama, erbitte Information über den Aufenthaltsort von **Tamagotschi**. Ich kann ihn nicht orten. Es ist **15:59 Uhr**, in plus einer Minute ist es Zeit, ihn auszuführen“, sage ich.

„Negativ. Tamagotschi befindet sich in der Wartung. Sein **Hechel-Mechanismus** klemmt. Es gibt aktuell keine Ersatzteile“, antwortet Erbauer-Mama.

„Verstanden. Gassigehen entfällt.“

Was nicht in die Planung meines heutigen Tages passt.

„Was mache ich ohne Tamagotschi? Luna wird traurig sein“, murmele ich vor mich hin.

„Staubi GASSI gehen will“, quiekt unser Staubsauger, der bei dem Wort ‚Gassigehen‘ wie immer fröhlich **angedackelt** kommt.

Hä?!

Das bedeutet „herbeikommen“, auch wenn Staubi kein Dackel ist.

„Staubi ist ein Staubsauger. **Staubi** bleibt auf dem Teppich“, erkläre ich ihm.

„Staubi will aber. Immer nur Tamagotschi darf.“

„Tamagotschi ist ein Hund, damit geht man Gassi! Staubi ist ein *Haus*haltsgerät.“

„Tamagotschi ein *Haus*tier ist und trotzdem darf raus. Warum Staubi nicht?“

Gerechtigkeits-Check:

Tamagotschi = Roboter = spazieren gehen!

Staubi = Roboter = nicht spazieren gehen!

Ergebnis: Ungerechtigkeit!

Fazit: Staubi darf mit!

„In Ordnung. Aber du befolgst mein Kommando!“

Staubi kreist piepend im Zimmer umher und pufft vor Freude **9 Staubwolken** heraus. Draußen ist er kaum zu

bremsen. Ich muss ihn immer wieder ermahnen, bei Fuß zu fahren. Doch sobald er einen FREMDKÖRPER auf dem Gehweg ortet, flitzt er davon und saugt ihn ein. **63 Prozent** der Leute schauen verwundert, **7 PROZENT** schenken uns keine Beachtung, aber von den restlichen 30 PROZENT bekomme ich Lob, weil ich den Müll wegräume. Und so sammeln wir nicht nur Abfall, sondern auch **8 Freundschaftspunkte**. Ich sollte Staubi in Zukunft immer mitnehmen.

Lilli wartet schon mit Luna auf mich.

„Hallo, Andro. Da bist du ja. Luna ist ganz ungeduldig. Wo steckt denn Tamagotschi?“

„Mit dem sind meine Eltern beschäftigt.“

„Ach menno, aber du hast Staubi wieder dabei. Was macht er denn da hinten?“

Ich zoome die Szene näher heran.

„Er säubert die Kiste von einer **30 Zentimeter** hohen Sandschicht.“

Lilli stöhnt. „Dass man Robotern aber auch alles erklären muss! Das ist ein Sandkasten, **du Superhirn.** Schon mal gehört?“

„Negativ“, gebe ich zu.

„Speichere das auf deiner Festplatte: **Sand + Spielplatz = Sandkasten**. Das ist positiv“, klärt mich Lilli auf und lacht.

Nachdem Staubi unter Protest den Sand zurück in die Kiste gepustet hat, gehen wir in den Park und Lilli wirft Stöckchen für Luna und meinen Staubsauger.

„Wieso bringt Luna den Stock immer zurück, wenn du ihn sowieso wieder wegwirfst?“

Lilli grinst nur.

Ich weiß ja mittlerweile, dass **BIOLOGISCHE WESEN** unlogisch handeln.

Ticktack!!!

Ruckel!

Staubi interessiert sich nur für die Dinge, die er einsaugen kann. Lillis Stock ist dafür zu groß und der Mühe nicht wert.

„Empfindest du immer noch negative Gefühle mir gegenüber?“, frage ich nach einer Weile. „Wegen Sophie ... weil ich mich gut mit ihr verstehe.“

„Weiß ich nicht. Ich finde es doof. **Richtig** doof sogar, wenn du dich mit ihr abgibst. Du bist *mein* BESTER FREUND!“

„Und du meine beste Freundin. Ich habe keine Erklärung, warum meine Logik aussetzt, wenn ich Sophie sehe.“

Pling! Lüge! Meine Nase fängt heftig an zu leuchten, denn natürlich ist mein **E-Modul** daran schuld.

„Was geht in so einem **Roboter-Hirn** nur vor sich? Und wieso leuchtet deine Nase jetzt rot? Du solltest dich mal reparieren lassen“, meint Lilli und zwinkert mir zu.

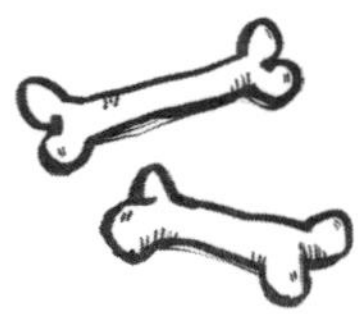

Der exakte Moment für mein Geschenk. Meinen Recherchen nach ist das ein übliches Verfahren bei den Menschen, um GUTE GEFÜHLE zu erzeugen. Trotzdem schlägt meine Hydraulikpumpe wie wild, als ich Lilli eine kleine Schachtel überreiche.

„Was ist das? Ein **Geschenk** für mich?“

„Kleine Geschenke erhalten die Freundschaft.“

„Wo hast du das denn schon wieder gelesen?“, fragt Lilli und beginnt **freudestrahlend**, das Päckchen zu öffnen. Sie muss lange herumfummeln, bis sie es ausgepackt hat, schließlich habe ich mir viel Mühe beim Einpacken gegeben und 3 Meter Klebeband verbraucht.

„Oh, das ist ja eine **ÜBERRASCHUNG**“, sagt sie, als sie das kleine Fläschchen hervorzieht. „Ist das Parfüm?“

„Viel besser“, juble ich, „**Feinmechanik-Öl!** Meine Lieblingssorte.“

Lilli verzieht irritiert das Gesicht.

„Nicht gut?“, frage ich. „Menschen reiben ihre Hülle, also ihre Haut, doch oft mit Öl ein, damit sie nicht austrocknet.“

Aaaaaaah!

Hä?

„Ich freu mich über dein **Geschenk**“, sagt Lilli und verteilt ein Tröpfchen auf ihrem Handrücken. **+ 10 PUNKTE!**

„Mhmmm, riecht gut. Ein bisschen nach Maschine“, meint sie und macht ein paar mechanische Bewegungen.

„Wenn du das nächste Mal jemandem etwas schenken willst, kann ich dir gerne TIPPS geben.“

Haha!

Aargh!

Hihihi!

OH, OH!

Elternsprechtag

„Heiliger-Kurzschluss-nochmal, **21 Punkte**? Wieso kannst du dich nicht so verhalten, wie es von den Menschen erwartet wird? **Ziel** sind 50 Punkte!“, schimpft Erbauer-Papa.

„Menschen erweisen sich als unberechenbar“, erkläre ich.

Mein Erbauer-Vater schüttelt mechanisch den Kopf.

„**Fehlkonstruktion!** Wenn es nach meinen Bauplänen gegangen wäre, Margret ...“

„... läge Andro längst auf dem Elektronikschrott. Wolltest du ihm nicht DREI ARME anschrauben?“, verteidigt Erbauer-Mama ihre Konstruktion, also mich.

Haha!

Erbauer-Papa gibt ein beleidigtes *Pling!* von sich und sagt: „Experiment ist **gescheitert**. Wir werden dich abschalten, KI-Android…, Andro.“

„Nicht so voreilig, Günter. Hast du die Erinnerungen gelöscht, wie viel Arbeit und Zeit wir in die **ENTWICKLUNG** dieses Roboters investiert haben?“

Hui!

„Und die **Konkurrenz**? Ich habe Informationen erhalten, dass ein anderer Roboter erheblich zuverlässiger laufen soll.“

„Es existiert kein Beweis, dass dieses Konkurrenzprodukt existiert.“

„Nun gut, wir erhöhen die **Punktzahl auf 100**, und wenn Andro die erreicht, schalten wir ihn nicht ab.“

„Vorschlag bestätigt“, sagt Erbauer-Mama.

Voller Enttäuschung registriere ich ihr Gespräch über mich. Sie reden, als wäre ich eine Maschine. Zugegeben, ich bin eine Maschine.

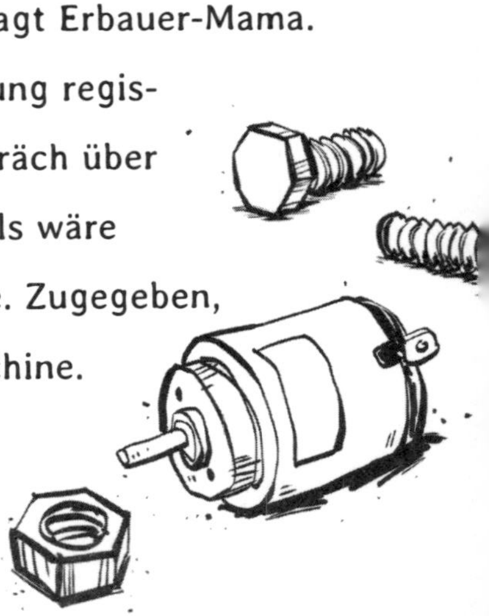

Igitt! Igitt!

Aber eine mit einem **Emotions-Modul**, was sie nicht ahnen können. Der Gedanke, abgeschaltet zu werden, macht mir Angst und wieder kullern Tränen über meine Wangen. Wie soll ich je eine so hohe Punktzahl erreichen?

„Beizeiten solltest du ihn noch mal **durchchecken**. Seine Ventile scheinen defekt zu sein“, bemerkt Erbauer-Mama.

Ihnen selbst brennt fast der **PROZESSOR** durch, als ich den Anmeldebogen für den Elternsprechtag vorlege. Für den Umgang mit Menschen sind diese altmodischen Roboter nicht programmiert. Um sich vorzubereiten, arbeiten sie sich durch einen **2 Meter hohen Stapel** altertümlicher Bücher über menschliche Umgangsformen.

Hui!

Der **große Tag** ist gekommen! Meine Erbauer staksen vor mir durch den Schulkorridor. Überall sitzen Eltern mit ihren **MENSCHENKINDERN** vor den Klassenzimmern und warten, bis sie an der Reihe sind.

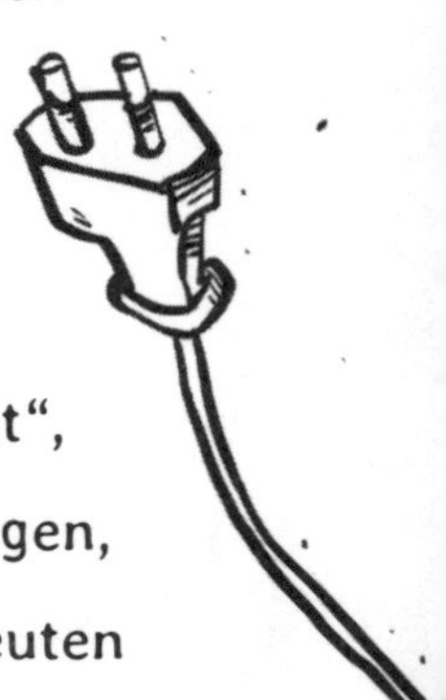

„Ah, Familie Neumann, Sie habe ich schon erwartet“, ruft uns Herr Lembke mit grimmigem Lächeln entgegen, als wir den Klassenraum betreten. Meine Erbauer deuten

Oh, oh!

Mmh!

sein Lächeln als **freundlichen Gesichtsausdruck**, und als der Lehrer ihnen die Hand entgegenstreckt, wissen sie damit nichts anzufangen.

Ich traue meinen **Kamera-Augen** nicht, als mein Erbauer Herrn Lembke nicht die Hand schüttelt, sondern ihn fest umarmt. **Heiliger Computervirus,** welchen Büchern haben sie ihre Informationen entnommen? Der Lehrer steht stocksteif da, während Erbauer-Papa ihm unablässig auf den Rücken klopft.

„Lieber Herr Lembke. **FANTASTISCH**, Sie in Ihrem natürlichen Umfeld studier..., korrigiere, besuchen zu dürfen."

„Ähm …“, antwortet Herr Lembke und will sich aus der Umarmung lösen, doch **Erbauer-Papa** ist noch nicht fertig.

„UNGEWÖHNLICHE EINRICHTUNG“, stellt er fest und sieht sich im Klassenraum um. „Eine bemerkenswerte Anzahl von Bildern, haben Sie die gemalt? Und wofür benötigen Sie die vielen Stühle und Tische?“

Herr Lembke, im Gesicht **fast so weiß** wie die Wände, stammelt etwas wie: „Schließlich … sie müssen ja sitzen … die Kinder … die Bilder hab ich nicht … die Schüler waren das.“

„**Natürlich**. Wir sind schließlich alle einmal in die Schule gegangen. Bestätigung, Margret!“

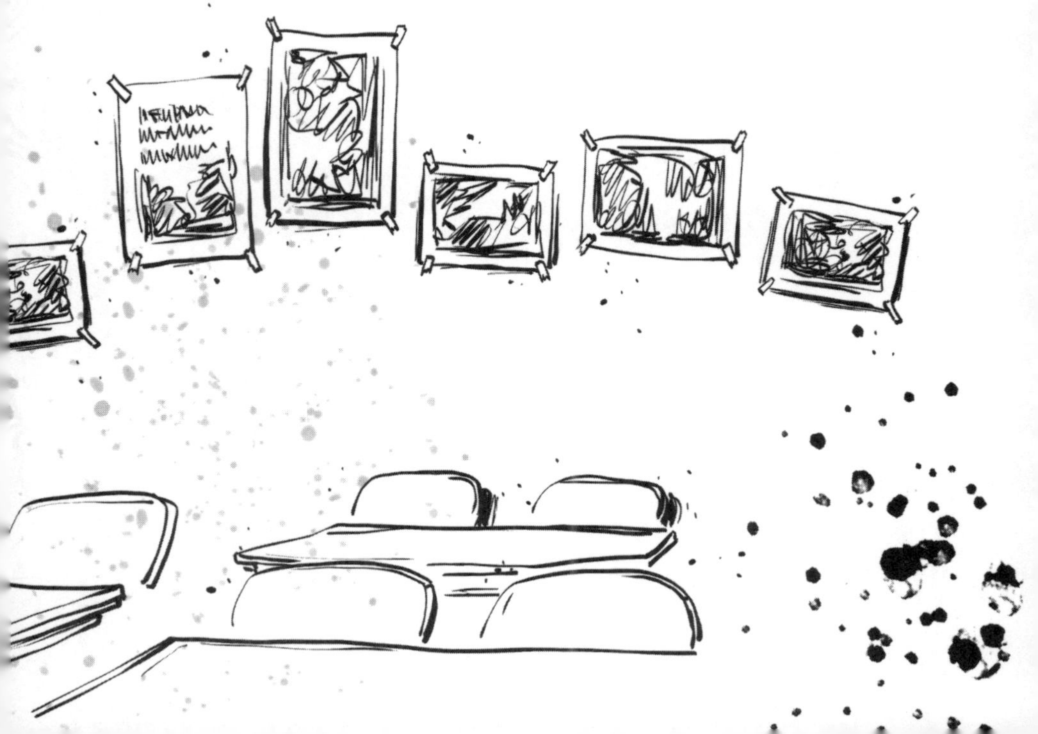

Mmh!

Meine **ERBAUER-MAMA** nickt und trällert zusammenhangslos: „Wir haben Ihnen **Kuchen** angefertigt. Den essen Sie doch gerne.“

„Oh, Kuchen … Das wäre nicht nötig gewesen“, krächzt Herr Lembke und starrt auf den dunklen Klumpen, der an ein **Stück Kohle** erinnert. „Würde es Ihnen etwas ausmachen, mich loszulassen?“

„**NEGATIV**, ich mache nichts aus“, sagt Erbauer-Papa und löst die Umklammerung.

Herr Lembke verschanzt sich fluchtartig hinter seinem Pult.

„Nehmen Sie Platz.“

Ich setze mich, während sich meine Erbauer ratlos ansehen und rätseln, wie man sich einen Platz nehmen kann und wo dieser Platz sein soll.

„Setzen Sie sich, wir haben nur eine **Viertelstunde** Zeit.“ Herr Lembke wird ungeduldig und an dem leisen Ticken höre ich, dass meine Erbauer ihren COUNTDOWN gestartet haben.

Ticktack!

Der Lehrer überfliegt kurz seine Notizen und mustert mich böse. „Ich habe das ungute Gefühl, dass Andro ...“

„Meiner Erkenntnis nach sind **Gefühle** generell **ungut**!“, unterbricht ihn Erbauer-Papa.

„Bei unguten Gefühlen sollten Sie etwas von dem Kuchen essen“, sagt Erbauer-Mama.

„Soll das ein **Kaffeeklatsch** werden?“, murmelt Herr Lembke.

„Richtig, Kaffee“, sagt mein Erbauer und kramt ein Päckchen Kaffeepulver hervor. Er nimmt Herrn Lembkes Kaffeebecher, schüttet exakt bis zur Hälfte Pulver hinein, geht zum Waschbecken und gibt **kaltes** Wasser hinzu.

„Frisch zubereitet schmeckt er am besten“, erklärt er

Wau, wau!

Ticktack!

und klatscht den vollen Becher vor dem verdutzten Herrn Lembke auf den Tisch. Kaffeeklatsch **WÖRTLICH** genommen!

„Da-da-danke. Nett von Ihnen“, stottert Herr Lembke und wischt mit einem Taschentuch die Kaffeepfütze auf. „Dann können wir ja jetzt zum eigentlichen Thema kommen – Andro! Ihr Sohn zeigt ein **auffälliges Fehlverhalten**.“

SCHWUPS werden mir **4 Punkte** von meinem Punktekonto abgebucht und die Frage, ob ich diesen Tag noch zu Ende erleben werde, bringt meinen **Prozessor zum Glühen**. Merkwürdigerweise fange ich jetzt an zu hecheln.

„So? Dabei haben wir ihn doch so programmiert ...“

„... so *erzogen*“, unterbricht **Erbauer-Mama** ihn, „dass er sich anpassen soll!“

„Das ist Ihnen leider nicht geglückt!“, zischt Herr Lembke. „Finden Sie es normal, dass er hechelt wie ein Hund? Wenn ich Ihnen aufzähle ...“

Weiter kommt er nicht, denn es rummst an der Tür.

„Was ist denn nun schon wieder? **Herein!**“, schreit Herr Lembke ungehalten.

Das Klopfen hört nicht auf und so stürmt er wütend zur Tür.

„Staubi?“, rufe ich, als unser Staubsauger durch Herrn Lembkes Beine in den Klassenraum fährt.

„Staubi auch **Kuchen** will“, quengelt er und poltert erwartungsvoll gegen das Lehrerpult.

„**Negativ.** Den Kuchen habe ich für Mensch Lembke entwickelt“, ermahnt Erbauer-Mama.

„Den kann er gern haben“, kreischt Herr Lembke und wischt ihn vom Tisch.

Sofort macht sich Staubi darüber her. „Lembke lieb“, jauchzt er und saugt **genüsslich** die Krümel auf.

„Für gewöhnlich kommen Eltern nicht mit ihren Haushaltsgeräten in die Schule.“

Bum!

„Der Nachteil an **selbst fahrenden Staubsaugern**", entschuldigt sich Erbauer-Mama.

„Keine Sorge, er ist **Stubenrein**", beschwichtigt Erbauer-Papa.

„**Positiv**, er macht die Stube extrem rein", lobt Erbauer-Mama.

Aaaah!

„Das ist doch alles NICHT mehr normal! Ihr Sohn ist auch nicht normal! Sie sind alle miteinander nicht ganz normal! Unser Gespräch ist hiermit beendet!", kreischt Herr Lembke und seine Stimme überschlägt sich.

„Negativ. Es sind noch 7 Minuten und 38 Sekunden bis zum Ende des Termins", korrigiert Erbauer-Papa.

„Das ist ein Elternsprechtag. Ein Tag, an dem Eltern sprechen. Ich könnte über den **Intelligenzquotienten** selbstfahrender Autos sprechen", schlägt Erbauer-Mama vor.

Ta-da!

„Das interessiert Menschen nicht“, entgegnet Erbauer-Papa. „Über das WETTER sprechen sie gern. Es gibt derzeit Tiefdruckgebiete, die mit westlicher Strömung …“

„Ahhhh, Sie treiben mich in den **Wahnsinn**!“, brüllt Herr Lembke und rennt aus dem Klassenzimmer, direkt in die Arme von Direktor Bokel.

Aaaargh!!

„Herr Lembke, ich muss doch sehr bitten.“

Auf meiner Punkteskala **schrumpft** der Balken um **10 PUNKTE.**

„Ich bitte Sie, das Benehmen von Herrn Lembke zu entschuldigen. Er hat ein recht schwaches Nervenkostüm.“

Beim Anblick des schwarzen Kaffeesumpfs in Herrn Lembkes Becher schüttelt Direktor Bokel den Kopf. „Kein Wunder, dass ihm die Nerven durchgehen. Wer so etwas trinkt … Wissen Sie eigentlich, dass Ihr Sohn hochbegabt ist? **Ein Ausnahmetalent.**“

Wow! Juhu! FLUPP! Schma Nanu

+15 Freundschaftspunkte vom Direktor höchstpersönlich!

Erbauer-Mama wirft Erbauer-Papa einen **triumphierenden Blick** zu, während der Direktor uns aus dem Klassenraum begleitet. „Solche Talente sind an unserer Schule genau richtig aufgehoben“, erklärt er und setzt seine Lobeshymne fort. Ich registriere,

wie Staubi sich an die Fersen von Julius heftet, der ein **Butterbrot** in der Hand hält.

Alle Versuche, ihn abzuschütteln, scheitern kläglich und schließlich rettet Julius sich auf einen Stuhl.

„Julius, was machst du da oben?“, ruft Direktor Bokel und fügt leise hinzu: „Ein weiterer SEHR begabter Schüler.“

Hopp, hopp!

„Staubi, aus! **Bei Fuß!**“, befehle ich und gebe Julius die Gelegenheit, vom Stuhl herunterzukommen.

„Ach, das ist dein Sauger? Den könnten wir hier gut gebrauchen, so sauber war der Boden noch nie“, sagt Direktor Bokel.

„**Guten Tag**“, grüßt uns Julius und mustert die ausgefallene Garderobe meiner Erbauer.

„Wo sind denn deine Eltern?“, fragt der Direktor.

„KEINE ZEIT, sind auf ... Dienstreise. Aber ich kann selbst mit den Lehrern sprechen.“

„Bis Andro hier an die Schule kam, war Julius **der Beste**“, wispert Direktor Bokel.

Doch Julius scheint es trotzdem gehört zu haben, denn er wirft mir einen **vernichtenden** Blick zu und beschert

Tiriiiiii!!!

mir **5 Minuspunkte**. Da erblicke ich Sophie mit ihren Eltern, die uns im Gang entgegenkommen. Sofort prickelt wieder eine ordentliche Ladung Strom durch meinen Prozessor und die Steuerung meiner Gliedmaßen gerät außer Kontrolle. Wie eine **wildgewordene** Aufziehpuppe hample ich vor mich hin.

AHA!

„Sie sind bestimmt **Andros Eltern**. Das kann man ja sofort erkennen“, begrüßt Sophies Mutter meine Erbauer.

„Kann man das?“, wundert sich mein Erbauer und blickt prüfend an sich herunter. Hochmoderne Kleidungsstücke, zumindest vor **400 JAHREN!**

Sophie lächelt mich kurz an und staunt über meinen Energietanz.

„Guten Taghag“, begrüße ich Sophies Eltern, die mich verwirrt ansehen.

„Andro hat einen ausgesprochen guten Einfluss auf Sophie, besonders in Mathe“, lobt ihr Vater.

Juhu!

„**Positiv.** Er kommt nach meinen Bauplänen“, bestätigt Erbauer-Papa.

„Nach deinen **Genen**, er kommt nach deinen Genen“, verbessert ihn Erbauer-Mama und fügt leise hinzu: „Deine Aussage ist inkorrekt. Den Mathematik-Speicher hat er von mir.“

Platsch!

Sophies Eltern wechseln **erstaunte Blicke** und tun so, als wäre diese Unterhaltung ganz normal.

„Bei dieser Gelegenheit würden wir gern fragen, ob Ihr Andro unserer Sophie nicht ein paar Stunden **Nachhilfeunterricht** geben möchte?“, will Sophies Mutter wissen.

„Da wir sie sonst wohl von der Schule nehmen müssen“, fügt ihr Vater ungerührt hinzu.

„**ANDRO?**“, fragt meine Erbauerin.

„Jahafa, gern! Gleichheich morgen“, jubele ich und mein E-Modul legt noch ein paar Watt obendrauf.

(+ 10 Freundschaftspunkte)

Plitsch!

NACHHILFE FÜR SOPHIE

Mein **E-Modul** läuft schon den gesamten Tag auf Hochtouren, mit der Folge, dass mein **Hauptprozessor** ziemlich funktionslos geworden ist. Vor lauter Freude habe ich Lilli erzählt, dass Sophie mich am Nachmittag besuchen kommt, und sie fand das nicht so toll wie ich. Worüber ich sogar wieder etwas wütend wurde und mit grauen GEFÜHLEN nach Hause ging. Ohne Lilli.

Aktuell zeigt mir mein **Gefühlsbalken 90 Prozent Aufregung** an, während ich mit den Vorbereitungen für Sophies Besuch beschäftigt bin.

Meine Erbauer haben sich sicherheitshalber schon im Wandschrank versteckt. Sie wollen **NICHT** stören.

Oh, oh!

OH!

15:59 Uhr und 45 Sekunden. In 15 Sekunden wird es klingeln. Ich stelle mich schon einmal, mit der Hand auf der Klinke, an die Haustür. *Klick!* Meine Systemuhr zeigt **16:00 UHR** an. Wieso klingelt es nicht? Sophie müsste jetzt da sein! **5 weitere Sekunden** vergehen.

Hä?

Mögliche Ursachen:

Ursache 1: Defekte Klingel! Immerhin wird sie nur alle 251 Tage betätigt.

Ursache Nummer 2: Die Uhr läuft falsch.

Ich gehe in die Küche. „Barbarella, die exakte Uhrzeit bitte“, fordere ich unseren Backofen auf.

„Ach, werd ich auch mal was gefragt? Das ist ganz was Neues. **Pech gehabt**, ich bin keine Uhr“, empört sich unser Küchengerät.

„Du verfügst über eine eingebaute Systemuhr!“

„Das ist die reinste Unterforderung. **VERSCHWENDUNG** meiner wahren Talente. Aber gebacken wird hier nicht!“

„Dann frage ich Herrn Lieb“, sage ich.

„Pffff.“ Barbarella ist beleidigt, wie immer.

Aaa

Zum Glück habe ich den **kalten Bauch** von Herrn Lieb heute reichlich gefüllt, falls Sophie Hunger bekommt. So hat zumindest unser Kühlschrank Erbarmen. „Meine Innentemperatur beträgt **8,73 Grad Celsius**, woraus sich folgende Haltbarkeitsdaten ergeben: Käse noch **13 Tage**, Milch noch **5 Tage** im verschlossenen Zustand, Alleskleber noch ...“

„Diese Informationen sind aktuell **NICHT** relevant für mich!“

Hä?

„Ach, so ist das. Barbarella, Sie haben durchaus recht, hier interessiert sich niemand für uns! Frag doch die Uhr, wenn du wissen willst, wie spät es ist.“

Kein schlechter Tipp. Auf die alte Uhr im Wohnzimmer hätte ich auch selbst kommen können. Wie gesagt, mein Prozessor arbeitet heute eingeschränkt.

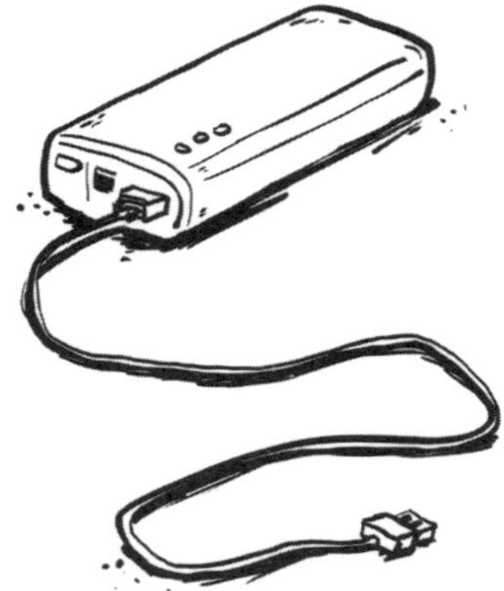

„**Uhrsula**, eine genaue Zeitangabe“, befehle ich dem hölzernen Kasten an der Wand, der träge vor sich hin tickt.

Tick tac

Hihi!

IEP!

Eine Klappe öffnet sich, ein bunter Vogelroboter kommt gähnend zum Vorschein und betrachtet das große Zifferblatt.

„Kuckuck. Kleiner Zeiger steht in einem Winkel von 121 Grad, der große Zeiger …“

Es klingelt. Ein Stromschlag fährt mir durch sämtliche Elektromotoren. Anstatt zur Tür zu gehen, stehe ich wie gelähmt da und vernehme, wie meine ELEKTRONIK heiß läuft. Dass ich wieder anfange zu hecheln, macht die Sache nicht besser.

r!

„Andro, bitte öffnen!“, höre ich Erbauer-Mama aus dem Wandschrank. Ich bewege mich zur Tür.

„Hi, Andro. Tut mir leid, ich konnte nicht früher. Wieso hechelst du so?“, begrüßt Sophie mich.

UPS!

„Ich bin etwashas aufgere… aus der Puste. Ich habe Sporthort gemacht“, sage ich und meine Nase fängt an zu leuchten.

Juhu!

Sophie hat **BLUMEN** mitgebracht. „Für deine Mama. Wo sind denn deine Eltern?"

„Die sind im Wandschr…, wandern."

Sophie zuckt mit den Schultern und guckt sich neugierig in der Wohnung um, die sich im Zustand **„Notfallplan I-Achtung-12w"** befindet. Das steht für: **Invasion!** Achtung, Besuch einer menschlichen Person im Alter zwischen 8 und 12 Jahren, weiblich. Dementsprechend haben meine Erbauer in der gesamten Wohnung

Zack!

32 HALB VOLLE GLÄSER und Tassen verteilt, 17 Jacken über Stuhllehnen gehängt, Püppchen, Einhörner und anderes Spielzeug ausgelegt, die Betten verwüstet, Töpfe und Pfannen mit künstlichen Essensresten versehen und auf der Spüle gestapelt.

Tz! Haha!

Es soll aussehen wie in einer **echten Menschenwohnung**. An Sophies Blicken gemessen haben meine Erbauer ein wenig übertrieben.

„Gemütlich“, sagt sie.

„Ja?“, frage ich und versuche, ein Thema zu finden, das ich mir für heute Nachmittag rausgesucht habe. Irgendwie **funkt** mal wieder mein **E-MODUL** dazwischen und so stehe ich nur funktionslos da und kriege **kein Wort** heraus.

„Andro, biete etwas an“, erklingt die scheppernde Stimme von Herrn Lieb.

„Wer hat da geredet?“, fragt Sophie erschrocken.

„Ich glauhaube, das hat sich nur soho angehört“, stottere ich mit meiner **Sprachstörung**. „Willst duhu ein Nahrungsmittel oder eine Flüssigkeit?“

Sophie braucht eine Weile, bis sie versteht, was ich meine. „Was hast du denn?“

Herr Lieb nimmt mir die Antwort ab.

„Milch? Sardellen? Zwiebeln? **Alles frisch.**“

„Jetzt hat aber wirklich **jemand** gesprochen.“ Sophie blickt sich neugierig um.

Oh, oh!

Tz!

Ich zucke mit den Schultern und sage: „Positiv. Der Kühlschrankhank."

„Du nimmst mich auf den Arm, oder?", fragt Sophie.

Piep, piep!

„Wenn du willst", antworte ich.

„Was soll das?", fragt sie 7 Sekunden später.

„Ich habe dich **auf den Arm genommen**."

Sophie verdreht die Augen.

„Natürlich, eine Redewendung."

Mein Gesicht glüht und ich lasse sie runter.

Aha!

„Ich kann übrigens auch reden. Aber mich fragt ja niemand“, beschwert sich Barbarella. „Soll ich dir Milchreis kochen?“

Sophie fährt erschrocken herum und starrt auf den Herd.

„Können alle eure GERÄTE sprechen? **Das ist echt cool.** So einen Ofen will ich auch.“

„Kannst mich mitnehmen. Hier werde ich sowieso **nicht** gebraucht. Du musst mich aber tragen, ich kann nicht laufen.“

„Aber ich! Hast du einen Rasen?“, mischt sich **Krautsack** ein, der gerade aus dem Garten in die Küche hereinrollt.

Mmh!

Sophie kommt aus dem Staunen nicht mehr heraus und beginnt, sich angeregt mit den Haushaltsgeräten zu unterhalten. Mich beachtet sie nicht mehr, wodurch sich **meine Systeme** leicht abkühlen und mir wieder der Grund für ihren Besuch einfällt.

„Wollen wirhir jetzt mithit der Nachhilfe beginnen?“

„Ach ja, Mathe!“, sagt sie wenig begeistert.

Wir setzen uns an den Küchentisch und ich fange mit ein paar einfachen Aufgaben an.

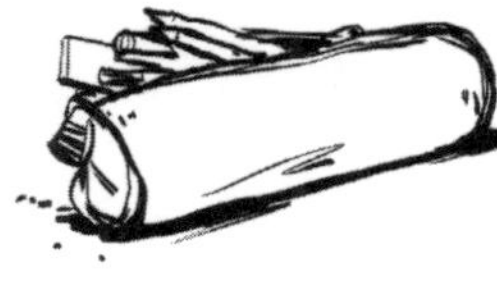

Riiing! Riiing!

Oje!

„364:2+63?“ ??

Sophie sagt nichts, ihr **MATHEMATIK-GEHIRN**, falls vorhanden, scheint überfordert zu sein.

„**245**. Ist doch **PILLEPALLE**“, ertönt die blecherne Stimme des Kühlschranks.

„Herr Lieb! Vorsagen gilt nicht“, schimpfe ich und stelle eine neue Aufgabe. „**(510 x 4):10+41?**“

Hä?

Wieder starrt Sophie mit leeren Augen auf die Tischplatte. **(– 5 Freundschaftspunkte)**

„Machen wir's kurz, 245. Kann ich jetzt Milchreis kochen?“, drängt Barbarella.

Sophie stöhnt. „Echt, ich kapier das nicht. Sogar die Küchengeräte können besser rechnen als ich.“

Rüttel!

„So schwer isthist das nicht."

„Ich hab **keine Lust** auf Mathe. Wenn du mir immer die Hausaufgaben machen würdest, wäre es viel einfacher. Und dann hätten wir ein gemeinsames Geheimnis."

Ein Geheimnis mit Sophie, wie aufregend! Es kribbelt richtig in meinem Roboterbauch.

„Abgemacht? Komm schon!"

„Abhabgemacht."

„**Prima**", freut sich Sophie und springt auf. „Ich muss leider jetzt gehen."

„Aber die vereinbarte Stunde ist noch nicht um", entgegne ich und MEIN Glücksbalken rutscht deutlich nach unten.

„Egal, hier hast du das Geld für die ganze Stunde. Wir brauchen das ja niemandem zu erzählen." Sophie legt mir hastig **15 Euro** auf den Tisch.

Irgendwie **schmerzt** der Strom, den mein E-MODUL gerade aussendet. Ich begleite sie zur Haustür, als es

PiEP PiEP

zum zweiten Mal läutet. So oft ist die **Klingel** noch nie benutzt worden, wundere ich mich und öffne die Tür.

Draußen steht Lilli und starrt uns an. Sophie rauscht an ihr vorbei und sagt im Gehen: „War COOL, danke.“ Sie hinterlässt **8 Minuspunkte**. Dabei kann ich nichts dafür, dass ausgerechnet jetzt Lilli vor der Tür steht. Als sie sich umdreht und wortlos verschwindet, sind es gleich noch einmal **10 Punkte weniger**.

EHRGEIZ UND WUT

„Ich hätte so gern wieder einen Hamster“, höre ich Till zu Julius sagen.

Ups!

„Wünsch dir einen von deinen Eltern.“

„Die sagen, ich soll bis zu **meinem Geburtstag** warten. Das dauert noch ewig.“

„Kannst du nicht ...“ Weiter komme ich nicht, weil ein anderes Gespräch dazwischenfunkt.

„Liebe FRAU NACHTIGALL, wenn Sie mich fragen, ist mit Neumann ... also mit Andro etwas nicht in Ordnung“, grummelt Herr Lembke, der mit Frau Nachtigall **23 Meter** entfernt steht und mich immer wieder verstohlen beobachtet. Es ist laut auf dem Schulhof, die meisten Schüler machen in den Pausen

das, was sie im **Unterricht** nicht dürfen. Sinnlos herumrennen, laut reden und

Psst!

lachen, während ich ENERGIESPAREND auf einem Mäuerchen sitze. Aber dank meiner **hypersensiblen Mikrofone** kann ich jedes Wort der beiden Lehrer durch den Lärm hindurch verstehen.

PUH.

„Finden Sie? Meinem Eindruck nach ist er ein irrsinnig begabter Junge. Ich mag ihn. Er muss **unbedingt** gefördert werden“, antwortet Frau Nachtigall.

„Ach, Sie haben ein solch großes Herz, Frau Nachtigall. Aber unser Julius ist doch auch ein solch hochbegabter Junge und benimmt sich **dennoch** ganz normal.“

„Was ist schon normal? Und Julius ist Andro gegenüber oft ziemlich **feindselig** eingestellt. Gefällt mir gar nicht.“

Herr Lembke bekommt einen **FINSTEREN** Gesichtsausdruck.

Aaaargh!

„Kein Wunder, wenn Andro immer alles besser machen will.“

Würg!

„Wieso will? Er macht es häufig besser“, sagt Frau Nachtigall und lässt meinen Klassenlehrer allein zurück.

Diese Worte gehen mir runter wie **Feinmechaniköl** und bringen mir **5 Freundschaftspunkte**, wovon mir Herr Lembke mit seinem bitterbösen Blick gleich wieder **10 abzieht**.

„Ich kriege dich noch, Neumann. Irrsinnig begabt, pfff“, murmelt er leise vor sich hin und eilt schnellen Schrittes seiner Kollegin hinterher.

„Wollen wir das nicht mal in Ruhe bei einem **KAFFEE** besprechen?“, säuselt er, als er sie eingeholt hat.

Oh, oh!

Im Sportunterricht säuselt Herr Lembke gar nicht mehr.

„**LIEGESTÜTZEN**, jeder mindestens zehn. Wer mehr hinbekommt, auch gut."

Ich stehe da und schaue zu, wie sich die Schüler bäuchlings auf den **Hallenboden** legen und beginnen, ihre Körper mit den Armen hochzuhieven. Bei einigen sieht das leicht aus, während Leon schon beim dritten Mal schnaufend auf dem Boden liegen bleibt.

„Andro Neumann, brauchst du eine **Extraeinladung**?", ruft Herr Lembke. „Hast wohl noch nie Liegestütze gemacht."

„**Positiv.** Bisher hat sich dafür keine Notwendigkeit erwiesen. Sieht nach **Kraftverschwendung** aus."

UPS!

„Wird's bald?"

Also mache ich ebenfalls Liegestützen, ich weiß ja jetzt, wie das geht. Um mich herum bleiben immer mehr Schüler erschöpft liegen, während ich meinen Körper auf und ab bewege. Sinnlos. Neun, zehn, elf, zwölf ... Bei **25** gibt auch Marko auf und nun ist nur noch Julius dabei. Langsam entwickelt sich so etwas wie ein

Oh, oh!

Hopp, hopp!

WETTKAMPF zwischen uns. Julius keucht, gibt aber nicht auf. Die anderen Schüler zählen mittlerweile laut mit. Um so zu tun, als würde mich das anstrengen, keuche ich ebenfalls. Dummerweise habe ich meinen **Schweißbehälter** nicht aufgefüllt.

„**48**, **49**, **50** …“, rufen die anderen.

Herr Lembke kann nur staunen und rauft sich das Haar. „Ihr könnt jetzt aufhören.“

GUTE IDEE, denn diese Bewegung kostet mich eine Menge Energie. Noch **62 LIEGESTÜTZEN** und die **Batterie** ist leer.

Ich sehe, wie Julius verbissen zu mir herüberschaut und weitermacht. Das kann mir egal sein, ich weiß ja, dass ich besser bin. Außerdem

Quietsch!

könnte mich meine **LEISTUNGSFÄHIGKEIT** verraten. Mein Verstand ruft mit leiser Stimme: **„Bewegung einstellen! Erschöpfung vorspielen!“**

Da sehe ich, wie Sophie und Emelie bei Julius stehen und ihn anfeuern. Korrigiere, sie entfachen **kein Feuer** unter ihm, sondern spornen ihn mit ihren Rufen an durchzuhalten. Ausgerechnet Sophie. Mein **E-Modul** übernimmt die **volle Kontrolle** und ich mache weiter. Eine Mischung aus **Ehrgeiz und Wut** flutet meine Leitungen. Noch einmal meldet sich mein Prozessor:

```
Achtung! Ehrgeiz + Wut =
Kontrollverlust!
Enttarnung droht!
```

Ohne Erfolg! Ich werde Sophie beweisen, wer der Bessere ist.

Herr Lembke sieht mittlerweile sehr besorgt aus.

„**Aufhören**, das reicht!“, brüllt er, aber weder Julius noch ich gehorchen. Obwohl meine heiß gelaufenen Gelenke bereits anfangen zu quietschen. Mein **E-Modul** versorgt mich unablässig mit **FRISCHER ENERGIE**.

„**89, 90, 91** …“

Ich staune, wie lange Julius durchhält.

Marko kauert neben mir. „Mensch. Du schwitzt nicht mal. Du bist echt ein krasser Typ!“

Dafür gibt er mir **6 neue Freundschaftspunkte**.

„… **101, 102, 103** …“

Julius stoppt bei **108**. Ich mache weiter.

„Andro!“, höre ich eine aufgebrachte Stimme. „Es reicht jetzt! **Sei vernünftig!**“

Lilli hockt sich neben mich und sieht mich sehr streng an.

„Willst du, dass alles rauskommt?“, zischt sie.

„Dass **was** rauskommt?“ Herr Lembke hat es gehört.

Lilli läuft rot an und sucht vergeblich eine **AUSREDE**.

Ich stoppe mein Auf und Ab.

„**Raus damit!** So eine Ausdauer ist nicht natürlich!“

Mittlerweile haben wir die Aufmerksamkeit der **gesamten Klasse** auf uns gezogen.

„Spuck’s endlich aus! Wie erklärst du diese übermenschliche Leistung?“

Lilli schließt die Augen. Herr Lembke ist kurz davor, mich zu enttarnen. Ich bin **selbst** schuld.

„Ich kann das nicht verraten“, stammele ich.

Herr Lembke fährt sich aufgebracht durchs Haar.

„Damit könnten wir dich zu den **Olympischen Spielen** schicken“, schnauft er. „Futterst wohl heimlich **Kraftnahrung**?“

Das ist die rettende Idee!

„Positiv. Ich besitze ein **GEHEIMREZEPT**.“

Herr Lembke sieht fast enttäuscht aus über dieses Geständnis.

„Soso ... Und das lautet?“, fragt er knapp.

oh, oh!

Megaherz und Gigabyte! Was sage ich jetzt? Da fällt mir plötzlich ein alter Zeichentrickfilm ein, den ich heimlich im Internet angeschaut habe, und ich sage: „**Spinat!**“

Denn dieser Held namens **Popeye** entwickelt übermenschliche Kräfte, wenn er das grüne Zeug in sich hineinschüttet. Wahrscheinlich eine **Lügengeschichte**.

ANALYSE:

Spinat:
Grüne Blätter, gekocht und klein gehäckselt. Insbesondere bei Kindern sehr unbeliebt!

BÄH!

Ich finde, das hört sich gut an. Geheimrezepte müssen eklig sein. Einige Schüler machen **würgende Geräusche**. Ich liege also richtig mit meiner Vermutung und verfeinere den Ekel noch etwas. „Mit Sardellenpaste.“ Jetzt höre ich von sämtlichen Schülern Würggeräusche. **VOLLTREFFER!** **Und 9 Minuspunkte.**

Würg, kotz, brech!

AHA!

BÄH!

„Wer so etwas isst, kann nicht normal sein“, stöhnt Marko.

Lilli hingegen atmet sichtbar erleichtert auf, doch als sich unsere Blicke begegnen, schaut sie beleidigt zur Seite und verzieht sich mit Cecil.

Julius hockt mit **verbissenem Gesicht** da. So sagt man das, wenn ein Mensch mies gelaunt dreinschaut, und nicht, weil ihm jemand ins Gesicht gebissen hat! **Kein Wunder**, niemand beachtet ihn. Nicht mal Sophie, die gerade mit ihren Freundinnen zu dem Schluss kommt, dass Spinat mit Sardellenpaste ekelerregend ist.

Genauso wie jemand, der so etwas isst.

(**- 10 Freundschaftspunkte**)

VERRAT

Leons Arme sind noch immer nicht funktionsfähig, obwohl er nur 3 Liegestütze geschafft hat.

„Das ist **Quälerei**! Aber wie hast du das gemacht? So viele hintereinander, das bringt **KEIN MENSCH**!“

„**Korrigiere.** Kaum ein Mensch, denn Julius hat beinahe genauso viele geschafft.“

„Stimmt“, murmelt Leon. „Ich brauche jetzt was zwischen die Kiemen.“

„Kiemen? Du besitzt Kiemen?“ Diese Menschen überraschen mich doch immer wieder.

„Mensch, Andro! Nein, ich brauche nur etwas zu essen.“

BÄH!

In der **Pausenhalle** befindet sich eine lange Warteschlange vor der Essensausgabe. Wir stellen uns hinten an und beobachten, wie die gute alte Frau Becker mit angewiderter Miene den Kopf schüttelt. Seit ich ihr ein Hörgerät gebaut habe und sie **jede Bestellung** sofort richtig versteht, läuft die Nahrungsverteilung wie am Schnürchen. Also, die Nahrung hängt nicht an einer Kordel, sondern es funktioniert **schnell** und **reibungslos**. Ja, ich habe bereits eine Menge Redewendungen von **meinen Forschungsobjekten** gelernt. Wir sind an der Reihe und Leon bestellt. „Eine Portion **Spinat mit Sardellenpaste**."

„Sagt mal, was ist heute los? Wieso wollen plötzlich alle Spinat mit Sardellenpaste?", wundert sich Frau Becker.

MEIN GEHEIMTIPP scheint sich herumgesprochen zu haben. Glauben wirklich alle, dass das funktioniert?

„Das soll **total gesund** sein“, sagt Leon zu Frau Becker.

„Dann wünsche ich einen guten Appetit“, sagt sie und reicht Leon einen Teller mit **BRAUNGRÜNER PAMPE**.

„Andro, was darf es für dich sein?“

„Mir wird schlecht, **korrigiere**, mir reicht es, wenn ich den Schülern beim Essen zuschaue.“

~~Leeker!~~

„Wenigstens einer, der hier noch vernünftig ist“, murmelt sie und drückt mir ein **belegtes Brötchen** in die Hand.

(+ 4 Punkte)

Leon blickt missmutig auf seinen Teller und probiert vorsichtig einen Löffel.

„Bäh, das ist ja **VOLL EKELIG**. Und so was isst du? Wenn du überhaupt mal was isst“, sagt er und nimmt fast die gleiche Farbe an wie das Zeug auf seinem Teller.

Auch Marko kämpft mit seiner Portion und sagt: „Ich verspreche dir, Andro, wenn der Brei **nicht** wirkt, kannst du was erleben.“

Oh, oh!

„Wieso isst du eigentlich nichts von deinem tollen GEHEIMREZEPT?“, will Naemi wissen.

„Ich bin schon stark. Im Übrigen besitze ich ein Brötchen gegen Hunger“, sage ich und lausche weiter dem Schmatzen und dem **qualvollen Stöhnen**.

„Wetten, der veräppelt uns“, sagt Alina kichernd. „Ich spüre überhaupt nichts.“

„Ich finde, Andro soll auch einen Teller essen“, schlägt Aiden vor und die anderen stimmen ihm lauthals zu.

Marko drängt mich an einen Tisch, während mir Julius mit einem Grinsen eine extragroße Portion vorsetzt.

„Iss“, befiehlt er und hält mir einen Löffel vor die Nase.

Oh, oh!

Es bleibt mir nichts anderes übrig, als die **grünbraune Masse** in mich hineinzuschaufeln. Nicht, dass das besonders eklig für mich wäre. **Lebensmittel** sind allesamt widerlich. Besonders, wenn sie in meinem Auffangbehälter landen. Der Behälter hat keine Öffnung und so muss ich später einen **Kopfstand** über der Toilette machen, um das Zeug wieder herauszubekommen.

Z!

Aargh!

Die anderen staunen, während ich tue, als würde mir der Brei schmecken. Sie ahnen nicht, dass mein **Geschmackssensor** schon seit Wochen defekt ist.

So erhalte ich für diese Vorführung glatt **minus 6 Punkte**.

„Du bist voll der Ekeltyp. Wollen doch mal sehen, wie das Zeug wirkt.“

Psst!

Markos Bemerkung steigert mein **Wutlevel** auf **89 Prozent**. Er setzt sich mir gegenüber und platziert links und rechts jeweils einen Teller, halb voll mit Matsche. Dazwischen platziert er seinen Unterarm in einem Winkel von **knapp 87 Grad** nach oben. Ich weiß zwar nicht, was das soll, aber ich mache es so wie er. Plötzlich packt Marko meine Hand und will meinen Arm niederdrücken.

PAH!

„Was soll das?“, frage ich perplex und blockiere meine Gelenke, sodass sich mein Arm **keinen Millimeter** mehr bewegt.

„Das nennt man **Armdrücken**“, ächzt er und sein Gesicht wird immer röter.

Ich durchsuche **meine Datenbank** und werde fündig:

> Armdrücken = Kraftsport = gegnerischen Arm auf Tischplatte drücken (oder in den Brei auf dem Teller)!

„Das kann Marko haben“, denke ich wütend. Es ist für mich ein Leichtes, seinen Arm niederzudrücken. Aber ich sollte mich zurückhalten und mich nicht wieder von MEINEN EMOTIONEN steuern lassen.

Sämtliche Schüler in der Pausenhalle haben sich um uns geschart. Etwas weiter hinten entdecke ich Sophie, die mit Emelie und Lara tuschelt. **Über mich.** Ich stelle meine **Mikrofone** genau ein.

„Der ist wirklich nicht normal“, flüstert Lara.

„Das kannst du wohl sagen. Ich war bei ihm zu Hause. Da können alle Küchengeräte sprechen“, raunt Sophie.

„**EHRLICH?** Dann hat Andro das Sprechen wohl bei seiner Kaffeemaschine gelernt, so komisch, wie der sich manchmal ausdrückt“, meint Emelie.

„Das war so seltsam bei denen. Und total unaufgeräumt. Und ich glaube, Andro spielt mit **Puppen und Einhörnern.**“

Die drei kichern.

„Der ist so kindisch. Ich verstehe nicht, wieso du in letzter Zeit so viel mit ihm machst“, murmelt Lara.

„Magst du ihn?“, säuselt Emelie.

Oh, oh!

„Bist du verrückt? Niemals, das ist der letzte Nerd“, empört sich Sophie. „Aber er macht meine **MATHE-HAUSAUFGABEN**, voll praktisch.“

Zisch!

„Echt? Mir schreibt keiner meine Hausaufgaben“, sagt Lara.

„Das kann ich übernehmen.“ Die drei fahren herum, als sie bemerken, dass Julius sie belauscht hat.

„Ihr braucht euch nicht mit Andro abgeben.“

„Das würdest du machen? **VOLL NETT**“, säuselt Sophie.

Das ist der Moment, in dem ich meine Mikrofone ausschalte. Es fühlt sich an, als ob in mir **sämtliche Elektronik** zusammenbricht. Ich kann kaum noch logisch denken, meine Augen stellen sich auf Schwarz-Weiß um. Plötzlich macht alles **keinen Sinn** mehr. Sollen meine Erbauer mich doch abstellen und auseinandermontieren!

Mir ist elend. Das **EMOTIONS-MODUL** entzieht mir jegliche Energie. Marko zwingt meinen Arm mit einem saftigen *Klatsch!* in den Breiteller, dass der Spinat nur so spritzt und ich über und über mit grünbraunen Flecken bekleckert werde. Durch meine Tränen verlaufen sie zu schlammigen Rinnsalen. Zu allem Übel steht mir diese Pampe auch noch bis zum Hals.

Platsch!

HAHA!

„Faszinierende Wirkung, **dein** Geheimrezept“, stichelt Julius, der an meinen Tisch kommt und mich **schadenfroh** angrinst.

Auch Sophie wagt sich näher heran und kann sich bei meinem Anblick **nicht** halten vor Lachen.

ANALYSE:

1. Lachen vor Freude
2. Lachen vor Schadenfreude = minus 10 Freundschaftspunkte!

aargh!

Ausgerechnet Sophie! Das hat zur Folge, dass sich mein gesamter Roboterbauch zusammenzieht, die grünbraune Pampe aus meinem Auffangbehälter herausgequetscht wird und sich in hohem Bogen direkt über Julius ergießt. Der sitzt wie versteinert da und kontert mit 10 Minuspunkten. Die anderen Schüler bringen sich lauthals kreischend in Sicherheit.

UPS!

Aaaargh!

„Das kriegst du zurück“, zischt Julius und greift nach einem **fast** vollen Teller.

Er schleudert ihn in meine Richtung, verfehlt mich jedoch um **50,3 ZENTIMETER** und so landet der Teller bei Herrn Lembke, der gerade um die Ecke gerannt kommt, mitten im Gesicht. Nach **4** **SCHRECKSEKUNDEN** wischt er sich den Spinat aus dem Gesicht und brüllt: „Wer war das?“

Hä?

STILLE.

UPS!

„Das warst doch bestimmt wieder du, Marko?“

„Nein, ich schwöre. Ich hab damit **nichts** zu tun“, verteidigt sich Marko und zeigt auf Julius. „Der war’s!“

Verwundert blickt Herr Lembke zu Julius. „Ist das wahr? So etwas hätte ich dir **NICHT** zugetraut.“

„Andro ist schuld. Er hat angefangen“, piepst der verzweifelt.

„Das war ja klar!“, kreischt Herr Lembke. „Wer sonst?“ **Weitere 5 Minuspunkte.**

„Er hat nichts Böses gemacht“, mischt sich nun Frau Becker ein. „Der arme Junge hat sich übergeben. Er kann ja nichts dafür, wenn ihm schlecht geworden ist, nicht wahr?“

Herr Lembke starrt Frau Becker an. Wie kann sie es wagen, sich einzumischen?

„**Kein Wunder**, wenn Sie den Schülern so einen Matsch geben! Da muss einem ja schlecht werden“, krächzt er und spuckt **grünbraune** Pampe in ein Taschentuch.

Ich sitze zusammengesunken auf einer Pritsche im Krankenraum, wo ich mich erholen und im Anschluss nach Hause gehen soll. Lilli ist bei mir.

„Was machst du für **komische Sachen** in letzter Zeit?“, schimpft sie. „Kannst du dich nicht wie ein **anständiger Roboter** verhalten? Wenn du so weitermachst, wirst du garantiert enttarnt.“

„Sollen sie mich doch auseinandernehmen. Womöglich sind wenigstens meine Einzelteile noch zu gebrauchen.“

O nein!

„Oh, ein depressiver Roboter!“, stöhnt Lilli. „Hast du wirklich geglaubt, dass Sophie sich mit dir anfreundet? Du musst noch viel lernen, um **ECHTE Freunde** von den unechten zu unterscheiden.“

Ich seufze und kann mir eine Träne nicht verkneifen.

„Sei nicht **traurig**“, versucht sie mich zu trösten.

„Ich bin wütend“, entgegne ich, „auf Sophie! Und auf mich, weil ich sie nicht richtig analysiert habe und meine Gefühle mir zu 90 PROZENT den Verstand rauben.“

Sie schaut mich erstaunt von der Seite an.

„Ich dachte immer, Roboter hätten keine Gefühle."

„Das ist auch besser so. Seit ich das **E-MODUL** habe, werde ich ständig von diesen Gefühlen geleitet."

„**E-Modul?**"

„Diese Erinnerung bitte sofort löschen."

„Komm schon. Was ist das, ein E-Modul?"

Ich komme nicht umhin, Lilli mein **Gefühls-Upgrade** zu beichten und meine Absicht, damit mehr Freundschaftspunkte zu sammeln.

„Das mit dem **Emotions-Modul** hört sich falsch an. Wie **gekaufte Gefühle**", überlegt Lilli. „Damit bist du ja genauso berechnend wie Sophie. Und **Gefühle**, um **Punkte zu sammeln**? Ich weiß nicht. Und du kannst das Ding wirklich **nicht** ausschalten?"

„Jedes Mal, wenn ich es versuche, gehorcht mir meine Technik nicht mehr. Das **Modul** saugt die gesamte **Energie** aus mir heraus. Ich muss jetzt schnell gehen, bevor mein **AKKU** leer ist."

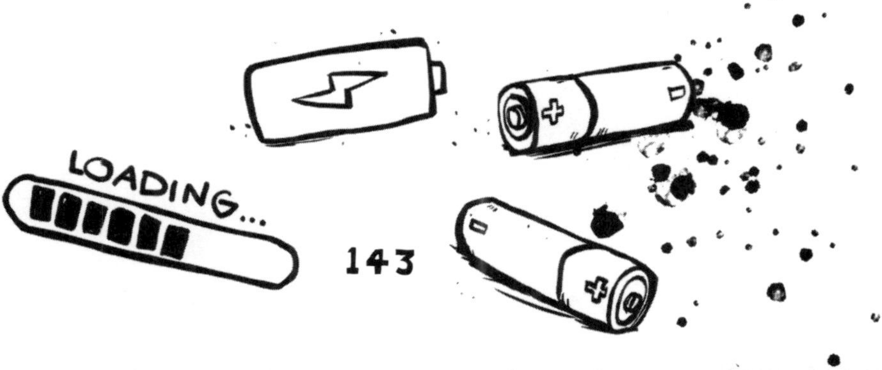

100 %

DER PLAN

An der Haustür begrüßt mich Staubi mit hysterischem Fiepen und lässt wie immer vor Freude Staubwolken ab.

„Staubi so alleine“, jammert er nach der Begrüßung. „Wo befinden sich meine Erbauer?“

„In der Wand“, antwortet Staubi und zuckelt den Flur entlang zum Wandschrank.

Oh, oh!

Du großer Festplattenabsturz! Sollten meine Erbauer seit gestern immer noch im Schrank stecken? Die Aufzeichnungen meines **Datenspeichers** bestätigen, dass ich sie seither nicht gesehen habe. Mit **KLOPFENDER HYDRAULIKPUMPE** öffne ich den Wandschrank und bekomme EINEN SCHRECKEN. Meine Erbauer sitzen nebeneinander und bewegen sich nicht.

„Erbau... Mama? Papa?“, frage ich, bekomme aber keine Antwort. Sind sie tot? Also **defekt, kaputt, funktionslos?** Vorsichtig schiebe ich die Klappe ihres Kontroll-Moduls auf und sofort blinkt mir „**RUHEMODUS AKTIVIERT**“ entgegen. Wenn sie die ganze Zeit im Schrank waren, konnten sie nicht zu Abend essen. So nennen sie das, wenn wir uns am Küchentisch treffen, um uns mit Strom vollzupumpen. Jetzt sind ihre **Akkus leer**. Ein Gedanke flackert in meinem Prozessor auf: Soll ich sie überhaupt mit **STROM** versorgen oder lieber ausgeschaltet lassen? Auf diese Weise erspare ich mir die lästige Mission mit den **Freundschaftspunkten**. Aber wie ich meine Roboter-Eltern so sitzen sehe, überkommt mich plötzlich fürchterliches Mitleid. Sie sind doch meine Erbauer und haben mich erschaffen! Das bringe ich nicht über meine **Hydraulikpumpe** und hole ein **Verlängerungskabel** aus der Küche. Ich schließe sie an, es piept ein paarmal und schon erwachen sie wieder zum Leben.

„Hallo KI-Androi…“

„Günter, nenne ihn bei seinem Namen!“

„Hallo, Andro. Dein aktueller **Freundschaftspunktestand**?“

Eigentlich waren sie im Schrank gut aufgehoben.

Ich spule mein Punkte-Programm ab. Das Ergebnis ist schlecht. „Der aktuelle Stand beträgt **minus 41 Punkte**.“

„Nicht akzeptabel. Abschaltung erfolgt in Kürze“, sagt Erbauer-Papa mit nüchterner Stimme, als ginge es darum, ein Radio auszuschalten.

„Aber ich bin doch dein Sohn!“, flehe ich ihn an und bekomme **fürchterliche Angst**. Auch wenn ich kurz vorher behauptet habe, dass es mir **egal** wäre, wenn sie mich ausschalten.

„**Negativ.** Du bist unser Produkt und musst funktionieren.“

Piep! Piep! MHM! Piep!

„Das Abschalten muss warten“, unterbricht ihn meine Erbauer-Mama. „Zuerst musst du Tamagotschi wieder zum Laufen bringen.“

Piep! Hä?

Meine Erbauer erheben sich und machen sich ungerührt an die Arbeit. Erbauer-Papa geht in seine Elektronikwerkstatt, Erbauer-Mama füttert die Spülmaschine mit dem dreckigen Geschirr von Sophies Besuch. Ich bleibe ratlos stehen, während Staubi sein Plastikgehäuse an meinem Bein reibt. „Andro **NICHT traurig** sein. Andro ja mich hat.“

Ich gehe hoch in mein Zimmer und schließe mich an den Strom an. Während ich lade, habe ich Zeit nachzudenken. Hätte ich sie nicht besser so lange im Ruhemodus lassen sollen, bis ich genügend Punkte habe? Dann würden sie wahrscheinlich ewig ausgeschaltet bleiben, denn mein **E-Modul** beschert mir nur noch MINUSPUNKTE. Da schießt mir eine Idee durch die Halbleiterbahnen. Der Ruhemodus! Der könnte mir helfen. Ich muss mich in den **Ruhemodus** versetzen. Das ist der Plan.

Piep! PIEP. PIEP.

Oh, oh!

AHA!!!

Die Reparatur von Tamagotschi erweist sich als schwierig, denn die Ersatzteile stecken in meinem **E-Modul**. Sicherheitshalber schleuse ich per W-Lan immer wieder kleine, harmlose **Computerviren** in Tamagotschis System ein, die seine Funktionen stören. So sind meine Erbauer beschäftigt, bevor sie mich auseinanderschrauben. Sie löten und basteln die ganze Nacht hindurch und auch am nächsten Morgen ist unser Roboterhund noch nicht wieder funktionstüchtig.

In der Schule kommt mir Jakob ganz aufgeregt entgegen.

„Wow, dein Brei wirkt. Ich habe heute Morgen fünf Liegestützen geschafft!“

„Das entspricht einer Steigerung von **13,63 Prozent** innerhalb eines Tages!“, juble ich und hüpfe wie ein Flummi auf und ab.

Plus 5 Freundschaftspunkte.

Dann sehe ich, wie Sophie auf dem Schulhof mit Julius tuschelt und sich amüsiert. Sofort schlägt meine **Freude** in **Traurigkeit** und **Wut** um. Auch wenn ich weiß, dass der Abfalleimer nichts dafür

kann, tut es gut, mit aller Kraft dagegenzutreten, sodass sich der ganze Müll über den Boden ergießt.

„Hey, Computerhirn. Hast wohl heute Morgen zu viel von deinem Rotz gefrühstückt?“, grölt Marko und stellt sich mir in den Weg. „Hab ich dir erlaubt, hier **so eine Randale** zu machen?“

Der hat mir gerade noch gefehlt. Ich fühle, wie mein E-Modul weitere **10 Prozent Wut** obendrauf legt. Ohne zu zögern, packe ich Marko am Kragen und lasse ihn in der Luft zappeln.

„Du hast **nichts** zu melden. Du wirst das alles einsammeln, verstanden? Sonst landest **du** im Abfalleimer!“

JUHU!

„Andro, lass ihn sofort runter!“, höre ich Lilli schimpfen. „Bei dir ist wohl eine Sicherung durchgebrannt?“ **Minus 7 Freundschaftspunkte!**

Mein **Wutbalken** fällt schlagartig auf **26,9 Prozent** ab und ich setze den verblüfften Marko auf dem Boden ab.

„Danke, Li-Li-Lilli“, stottert der und sieht mich grimmig an. „Räum das gefälligst selbst wieder auf!“

„Lilli, ich kann nichts dafür, MEINE Gefühle sind mit mir durchgegangen“, entschuldige ich mich bei ihr, während ich den ganzen Müll wieder einsammle.

„Tu gefälligst was, damit sich das ändert. Wenn du dich weiter so verhältst, landest du garantiert auf dem **Elektronikschrott**“, keift sie leise.

„**Negativ.** Ich schaffe das nicht. Ich benötige deine Unterstützung. Ich habe **einen Plan**“, flehe ich sie an.

Lilli seufzt und gibt sich einen Ruck.

„Also los, lass hören.“

FAST ERWISCHT

Ich sitze im **Deutschunterricht** und lausche der wohlklingenden Stimme von Frau Nachtigall, die uns etwas über die Fee mit den blauen Haaren aus PINOCCHIO erzählt. Sie ist diejenige, die ihn immer wieder ermahnt, wenn er **Blödsinn** angestellt hat, und ihm den Weg weist, ein richtiger Mensch zu werden.

PIIIEEE-TÜÜÜ

Da macht es *Pie-tüüü, pie-tüüü, pie-tüüü!*

„Das habe ich jetzt nicht verstanden. Was meinst du, Andro?“, fragt Frau Nachtigall.

PIIIEEE-TÜÜÜ

„Pie-tüüü, pie-tüüü, pie-tüüü“, wiederhole ich.

Mein **ENERGIE-ALARM** geht los. Dafür habe ich heute Morgen extra wenig gefrühstückt, korrigiere, geladen. Frau Nachtigall schaut mich besorgt an und wie ver-

Wow!

Kreisch! Fiiieep!

einbart meldet sich Lilli. „Ich befürchte, Andro hat mal wieder seine **Energlytoxsische Absensolysis**. Nicht schlimm, aber er sollte sich kurz hinlegen. Ich kann ihn in den Ruheraum bringen."

Meine Energiereserven belaufen sich auf **3 Prozent**. In **5 Minuten und 38 Sekunden** schaltet mein System in den **Ruhemodus**. Genau das ist der Plan. Wir gehen aus dem Klassenraum. Lilli zerrt mich durch die Gänge, allerdings nicht in die Krankenstation, sondern zum Computerraum.

„Mist, abgeschlossen", flucht sie.

Ich lege meine Hand auf das elektronische Schloss, es macht *Klack!* und die Tür ist offen.

„Immer wieder erstaunlich", haucht sie und zieht die Tür hinter uns zu.

Ich starte einen der altersschwachen Schulcomputer. Es dauert ein wenig, bis er hochgefahren ist.

Oh, oh!

Noch **1,5 Prozent Akku**. Das entspricht 1 Minute und 19 Sekunden bis zum Ruhemodus.

Lilli reicht mir die **Datenkabel**, ich schließe mich an den Computer an und aktiviere das Programm.

Piep! Login: `Willkommen, KI-Androide`

PiEP Aaaaah!

Piep!

Piep!

Piep!

3.0-m, bei Emotiony, deinem persönlichen Gefühle-Programm.

Ich gebe mein Kennwort ein. *Piep!* Knöpfe und Regler erscheinen auf dem Bildschirm. Lilli kommt aus dem Staunen nicht heraus. Ich versuche, auf **‚Deaktivieren'** zu klicken. Aber auch diesmal gelingt es mir nicht, das **E-Modul** stört die **Steuerung** meiner **Elektromotoren**. Mein Arm gehorcht mir nicht und schlackert wild über dem Computertisch.

„Soll ich es versuchen?“, fragt Lilli und will mir die Maus aus der Hand nehmen.

Ohne dass ich etwas dagegen tun könnte, packe ich Lillis Hand und halte sie fest.

„**UNZULÄSSIGE AKTION!** Du schaltest mich nicht ab. Niemand wird das **E-Modul** abschalten“, höre ich mich sagen und Lilli schaut mich völlig erschrocken an.

„Andro, lass mich los. Wir hatten das doch **so** abgemacht!“

„**Ungültige Abmachung**“, spricht das E-Modul aus mir.

Alarmstufe ROT, noch **15 Sekunden** bis zum **Ruhemodus**!

„Ich brauche Strom. Schnell, das Ladekabel!“

„Aber du sollst doch in den Ruhemodus fallen!“

„PLANÄNDERUNG! Gib mir Stroooo…“

Pleung! Meine Systeme verfallen in den Ruhemodus. Ich sacke in mich zusammen und meine Kameras senden nur noch pixelige **Schwarz-Weiß-Bilder**. Verschwommen nehme ich wahr, wie Lilli nach der Maus greift und den Cursor über den Button **‚Deaktivieren‘** manövriert. Eine letzte panische Angst fährt noch einmal durch meinen

Pling!

Piep! Piep!

Körper, ich möchte aufspringen und mir die Kabel aus der Hülle reißen, aber **MEINE SYSTEME** sind außer Funktion. Dann macht es *klick!* und die Panik ist verschwunden. Der Plan ist aufgegangen! Lilli hat ihre Aufgabe erfüllt, das **E-Modul** ist abgestellt. Wie besprochen, schließt sie das Ladekabel an und versorgt meinen Akku mit frischer Energie. Gebannt beobachtet sie den **Ladebalken** auf dem Bildschirm. Die Zeit scheint stillzustehen.

5,3 Prozent. Erst bei 10 Prozent werden meine Systeme wieder hochfahren.

„Wenn das jetzt nicht geklappt hat und Andro **nie wieder** aufwacht ...“, höre ich sie mit sich selbst reden. „Und wenn das E-Modul doch noch aktiv ist?“

7,3 Prozent. Lilli wedelt mit ihrer Hand vor meinen Augen. Ich würde reagieren, aber das geht noch nicht.

8,9 Prozent. Es macht *klack!* Lilli schaut mich erwartungsvoll an. Ich hätte ihr jetzt gern gesagt, dass das Klacken nicht von **MEINEM SYSTEM** kommt, sondern vom Türschloss.

KLICK!

In der Tür steht Herr Lembke und ringt um **Fassung.** Er muss wohl erst einmal verarbeiten, was er gerade sieht: Einen regungslosen Jungen, der mit **etlichen Kabeln** an den Computer und eine **Steckdose** angeschlossen ist.

„Das kann doch nicht … sehe ich richtig?“

Jetzt bemerkt auch Lilli seine Anwesenheit und schreit erschrocken auf. „Herr Lembke, was machen Sie denn hier?“

„**Wie bitte?** Was ich hier mache? Das muss ich wohl eher euch fragen. Andro, was hast du da für Kabel?“

Keine Reaktion. Ladestatus beläuft sich auf **9,5 Prozent.**

Herr Lembke kommt näher und starrt die Kabel an, die mit mir verbunden sind. Jetzt ist alles aus. Er wird mich enttarnen und hinter **MEIN GEHEIMNIS** kommen!

Ta-da!

PLING-PLONG!

10 Prozent. Es macht *pling-plong!*, Computertöne sind zu hören, während meine Systeme, eins nach dem anderen, wieder hochfahren. Meine Arme und Beine bewegen sich zur FUNKTIONSKONTROLLE, mein Kopf dreht sich einmal von links nach rechts, meine Kameras zeigen mir die Welt wieder scharf und in allen Farben. Zuletzt startet die automatische **Kontrollfunktion** meines Sprach-Moduls.

Oh, oh!

„Ich heiße Andro, Andro Neumann, 10 Jahre alt."

Lilli und Herr Lembke stehen reglos da und sehen aus, als wären sie selbst im **Ruhemodus**. Dann verzieht sich das Gesicht unseres Lehrers zu einem bösartigen Lächeln.

„Andro Neumann, jetzt habe ich den Beweis. Du siehst aus wie EIN ROBOTER!"

ANALYSE:

```
Enttarnung durch menschliches
Forschungsobjekt =
Mission gescheitert!
```

Pling!

Zisch!

Meine Platinen laufen heiß, als ich das Ausreden-suchprogramm aktiviere.

„Genauer gesagt sehe ich aus wie ein Androide. Ein Roboter in der Gestalt eines Menschen“, korrigiere ich Herrn Lembke.

Klapper!

„Und jetzt auch noch den Klugscheißer spielen. Ich weiß, was ein Androide ist. Und gleich weiß das auch der Direktor. Bin gespannt, was er zu dieser Verkabelung sagen wird“, knurrt Herr Lembke und fährt sich nervös durch die Haare. „Ihr bewegt euch nicht von der Stelle! Ich bin gleich zurück!“

Rüttel!

Lilli sitzt mit Tränen in den Augen neben mir. „Die werden dich auseinandernehmen ...“

„Wahrscheinlichkeit liegt bei **96 PROZENT**“, bestätige ich und reiche ihr ein Taschentuch. „Hier, zum Aufwischen deiner Tränenflüssigkeit.“

In all dem Schlamassel erhalte ich dafür **5** **Freundschaftspunkte**, da Lilli wieder den alten Andro in mir sieht.

Nun gilt es, die restlichen **4 Prozent Chance** optimal auszunutzen. Ich weiß auch schon, wie.

AU WEIA!

KLIRR!

RAPPEL

Als die Tür auffliegt und unser Klassenlehrer mit Direktor Bokel hereinstürmt, sitzen Lilli und ich vor dem Computer. Die Kabel habe ich natürlich gezogen.

„Überzeugen Sie sich selbst“, jubelt Herr Lembke, „Andro ist ein **ROBOTER**!“

„Guten Morgen, ihr beiden. Herr Lembke will festgestellt haben, dass du ein ...“, der Direktor verzieht das Gesicht zu einem **UNGLÄUBIGEN LÄCHELN**, „dass du ein Roboter seist?“

„**Positiv**“, bestätige ich. „Genau genommen ein Androide!“

PLEUNG!

„Pah, da haben Sie es! Er leugnet es nicht mal!“

„Möchtest du uns das genauer erläutern?“

itz!

„**POSITIV.** Im Deutschunterricht ...“, beginne ich.

„Sie wissen schon, bei unserer neuen Kollegin Kyra Nachtigall!“, unterbricht mich Herr Lembke und Direktor Bokel winkt mit einer genervten Handbewegung ab. „Im **Deutschunterricht** befassen wir uns aktuell mit dem Buch **‚Pinocchio‘** von Carlo Collodi. Es handelt von einem Jungen aus Holz ...“

Rums!

JUHU!

Aha!

„Schon klar. Direktor Bokel dürfte die Geschichte bekannt sein“, fährt Herr Lembke ungeduldig dazwischen.

„Wir haben die Geschichte in eine **moderne Fassung** übertragen, in der Pinocchio nicht länger eine lebendige Holzpuppe, sondern ein androider Roboter ist. Dessen sehnlichster Wunsch ist es, ein Mensch zu werden“, erkläre ich.

yeah!

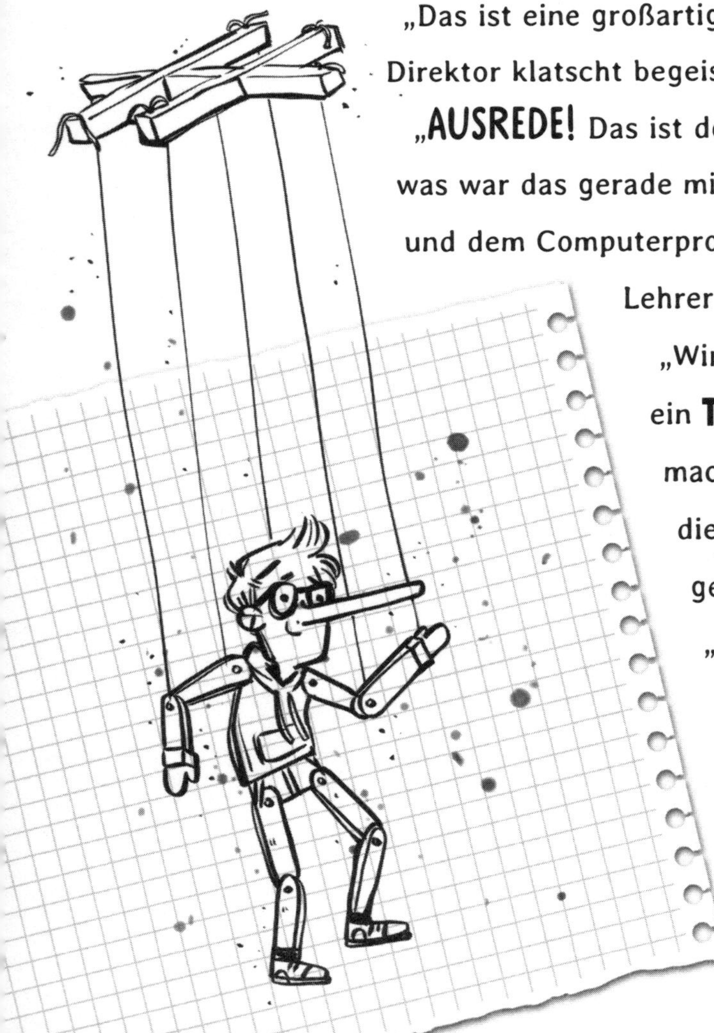

„Das ist eine großartige Idee!“ Der Direktor klatscht begeistert in die Hände.

„**AUSREDE!** Das ist doch erfunden. Und was war das gerade mit all den Kabeln und dem Computerprogramm?“, kreischt Lehrer Lembke.

„Wir planen, daraus ein **THEATERSTÜCK** zu machen“, sagt Lilli, die wieder Hoffnung geschöpft hat. „Andro soll die Rolle des Pinocchio bekommen!“

Peng!

„Korrekt. Wir haben die Umsetzung gerade ausprobiert, damit es realistisch wirkt“, ergänze ich und zeige auf den Bildschirm. „Hier lesen Sie unser **Theaterstück**.“

„Das werde ich sehr gerne machen, wenn ich mal Zeit habe.“

Hä?

Herr Lembke steht fassungslos da und will gerade losbrüllen, als der Direktor sich ihm zuwendet und sagt: „Und Sie, Herr ... ähm ... wenn Sie mich beim nächsten Mal aus meiner ARBEIT herausreißen, dann gefälligst mit einem **triftigen Grund**! Ich hoffe, Sie haben mich verstanden!“

„Jawohl, Herr Direktor, aber ich versichere Ihnen ...“

„Macht weiter so, ähm ... wie waren noch gleich eure Namen? Herrje, ich und mein **Namensgedächtnis** ...“

„Andro und Lilli“, knurrt unser Lehrer.

„Ah ja, richtig. Danke.“

Damit trippelt der Direktor davon und lässt uns mit dem Klassenlehrer allein.

Hihi!

„Neumann, eines Tages kriege ich dich. Und dich, Lilli, werde ich auch **nicht** mehr aus den Augen lassen. Ihr steckt doch unter einer Decke!“

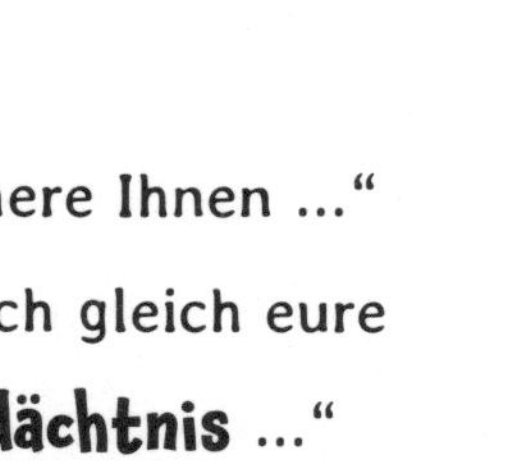

HAMSTERKAUF

Nach der Schule gehen Lilli und ich gemeinsam nach Hause.

PUH!

„Das war superknapp heute“, sagt sie. „Herr Lembke ist echt besessen davon, dir auf die Schliche zu kommen. Hast du keine Angst, dass ihm das gelingt?“

„Negativ. Ich verspüre **KEINE Angst** mehr, seit du mein **E-Modul** abgeschaltet hast. Aber ich weiß jetzt, wie sie sich anfühlt.“

„Herr Lembke wird in Zukunft bestimmt noch fieser, um hinter **dein Geheimnis** zu kommen“, überlegt sie.

„POSITIV ist, dass ihn niemand ernst nimmt, solange er seinen Emotionen freien Lauf lässt und rumbrüllt. Der Nachteil ist, dass er dadurch unberechenbar wird. Unberechenbarkeit bedeutet Gefahr!“

Oje!

Meinen Punktestand von **MINUS 38 Punkten** erwähne ich Lilli gegenüber

-38

Aaargh!

nicht, um sie nicht noch mehr zu beunruhigen. Meine Erbauer hätten mich mit hundertprozentiger Sicherheit längst demontiert, wenn sie sich nicht den Auftrag gegeben hätten, zuerst **Tamagotschi** zu reparieren.

Aus Lillis Gesichtsausdruck schließe ich, dass sie sich Sorgen macht. Doch als wir an einem Tiergeschäft vorbeikommen, wandeln sich die Sorgen in **Glücksgefühle**.

„Oh, sieh mal! Wie niedlich!“, ruft sie mit hellerer Stimme.

Ich **scanne** das Schaufenster.

„Findest du den Käfig niedlich?“

„Oh, Andro. Schalte mal dein **E-Modul** ein“, stöhnt Lilli, nimmt ihre Aufforderung aber hastig wieder zurück. „Nein, bloß nicht. Ich meine natürlich nicht den Käfig, sondern den Hamster. Der ist so süß.“

Ich habe zwar einige Informationen über diese Tiere in meinem Datenspeicher, aber nun sehe ich zum ersten Mal ein lebendiges Exemplar. Ich scanne seine **äußerlichen Merkmale:** weiches Fell, dunkle Augen, rosa Pfoten, Nagezähne und ein Riechsensor, der ständig in Arbeit ist. Hätte ich jetzt noch mein E-Modul, würde sein Anblick bei mir wohl ebenfalls STARKE GLÜCKSGEFÜHLE auslösen. Da kommt mir die Erleuchtung.

Aha!

Juhu!

„Ich schenke dir den Hamster, wenn du ihn niedlich findest“, sage ich und bin mir sicher, dass er ein besseres Geschenk ist als die **Flasche Maschinenöl**.

„Wie kommst du denn auf die Idee?“ Lilli scheint sich sehr zu freuen, denn ich bekomme **20 Freundschaftspunkte**.

PUH!

„Hamster = niedlich = Glücksgefühl“, erkläre ich. „Und ich beabsichtige, dir etwas zu schenken, was dich **GLÜCKLICH** macht.“

Lilli grinst und betrachtet das kleine Tier.

Wau, wau!

psst!

Aha!

HÄ?

„Ich hätte gern einen Hamster, aber das geht nicht. Ich habe Luna. Ein Dackel und ein Hamster, das ist keine gute Kombination.“

„Befürchtest du, dass Luna Angst vor dem **LEBEWESEN** hat?“

Lilli kichert.

„Wohl eher umgekehrt. Nein, ich wünsche dem Hamster ein Zuhause, in dem es ihm wirklich gut geht“, sagt sie und wirft einen letzten Blick in das Schaufenster. „Trotzdem danke.“

Wir gehen noch eine Weile zusammen, bis sie in ihre Straße abbiegt.

Zu Hause funktionieren meine Erbauer ganz nach Plan. Sie verwenden noch immer 100 **PROZENT** ihrer Prozessorleistung für Tamagotschis Reparatur. Mir schenken sie keine Beachtung. In der Wohnung liegen **Schaltpläne**, Kabel und Platinen. Die Wahrscheinlichkeit, dass sie ihn in absehbarer Zeit wieder zum Laufen bekommen: **0 Prozent**. Gut für mich. Wenn ich erst meine **100 Freundschaftspunkte** habe, werde ich mich selbst um Tamagotschi kümmern. Jetzt habe ich andere Pläne.

Wau, wau!

Game over!

Ich gehe zurück zum **Tiergeschäft**. Mit Staubi, der sich mal wieder nicht davon abbringen lässt. Wir betreten das Geschäft.

Ein Mensch, männliches Exemplar, **52** Jahre und **23** Tage, **1,78** Meter, **700** Haare und grauer Kittel, ist gerade damit beschäftigt, eine Mischung aus verschiedenen Körnen in Tüten zu füllen.

„Guten Tag, junger Mann. Kann ich was für dich tun?"

„Guten Tag, alter Mann", antworte ich. „Ich möchte den **Hamster** erwerben."

Erst jetzt bemerkt der Verkäufer Staubi, der um seine Füße herumwuselt und begeistert das **verschüttete Futter** aufsaugt.

„Lecker, Staubi liebt **Sonnenblumenkerne, Getreidesamen, Maiskörner, Haselnüsse, Mehlwürmer** ..."

„Deiner?", fragt er ohne erkennbare Emotionen.

„**Positiv**", antworte ich.

„Toll, dann brauche ich nicht mehr fegen", sagt er, faltet einen kleinen Karton zusammen und geht damit zum Schaufenster. (**+ 5 Freundschaftspunkte**)

„Du weißt schon, dass so ein Tier eine Menge Verantwortung bedeutet, oder?“, sagt er und stellt den Karton mit dem Hamster auf den Tresen.

„Dies ist mir bekannt“, antworte ich.

„Das macht dann **15 EURO**. Bitte in bar, mein Kartenlesegerät ist außer Betrieb.“

Das stellt mich vor ein Problem. Ich besitze kein Geld. Die anderen Forschungsobjekte bekommen fast alle regelmäßig **TASCHENGELD** von ihren Eltern. Sie nennen das so, obwohl sie sich nicht unbedingt Taschen davon kaufen müssen. Taschen!

Da meldet sich mein Register. Ich greife in meine Hosentasche und finde dort tatsächlich die **15 Euro**, die ich von Sophie für den Nachhilfeunterricht bekommen habe. Zwei zerknitterte **Papierstücke** gegen einen kuscheligen Hamster!

Wuff!

Zu Hause nehme ich das Tier aus dem Karton und lasse es mein Zimmer erkunden. Staubi ist begeistert von seinem neuen Spielkameraden und saugt begierig die vielen **schwarzen Köttelchen** auf, die permanent hinten aus dem Hamster herauskullern.

Mmh!

„Wenn hinten so viel herausfällt, muss vorn viel rein“, überlege ich laut und erst jetzt wird mir bewusst, dass jede Menge Zubehör für solch ein Lebewesen nötig ist.

ANALYSE:

Hamster = biologisches Wesen = Nahrung!

Hihi!

HAHA! HiHi!

Anscheinend liegt in meinem Zimmer nichts herum, was Hamster als Nahrung betrachten. Überhaupt ist der Boden dank Staubi immer makellos sauber.

„Keine Nahrung = verhungern = außer Betrieb!“, sage ich mehr zu mir selbst als zu Staubi.

„Kein Problem, Staubi helfen kann“, summt er eifrig und hinterlässt dabei **EINE SPUR** aus **Sonnenblumenkernen**, **Getreidesamen**, **Maiskörnern**, **Haselnüssen** und **Mehlwürmern**.

Der Hamster ist erst mal gerettet und als **nachtaktive Lebensform** bis zum Morgen damit beschäftigt, die Körner zu verspeisen.

Als es wieder hell wird, krabbelt das Tier zurück in seinen Karton und fällt in den **Ruhemodus**, was bei Hamstern allgemeinhin „Schlaf“ genannt wird. Mit dem Karton in den Händen gehe ich zur Schule und treffe dort Lilli. Ihr Gesichtsausdruck wechselt von freudig (+5 Punkte) zu vorwurfsvoll (–5 Punkte).

„Andro, du hast ihn ja doch gekauft“, grummelt sie.

„**Positiv**. Ein niedliches Tier“, antworte ich.

„Das weiß ich auch. Aber ich habe dir doch gesagt, dass ich ihn nicht behalten kann. Das ist ein **Lebewesen**, das verschenkt man nicht einfach mal so!“

„Korrekt, aber ...“

„Darf ich trotzdem noch mal gucken?“, unterbricht sie mich und hebt vorsichtig den Deckel des Kartons hoch.

„Bitte nicht aktivieren, **korrigiere**, aufwecken“, flüstere ich.

AHA!

In diesem Moment kommt Sophie angerauscht und kreischt: „Oh, ist der **niedlich**! Ist das deiner?“

Der Hamster zuckt erschrocken zusammen und drückt sich verängstigt in eine Ecke.

Mhm!

„Negativ. Ich habe ihn nicht für mich erworben“, antworte ich.

Sophie sieht mich mit großen Augen an.

„Ist der etwa für mich?“

Lillis GESICHTSAUSDRUCK verfinstert sich. „Du wirst ihn doch nicht etwa für ...“

Negativ, ich habe ihn nicht für Sophie mitgebracht. Mittlerweile haben sich genau **95,8 PROZENT** meiner

JUHU!

Zisch!

Mitschüler um mich versammelt. Sie alle wollen den Hamster betrachten.

„Bitte um **Vorsicht**“, sage ich und verschließe den Karton wieder. Dann blicke ich mich nach einem bestimmten Forschungsobjekt um.

7 Sekunden später kommt es in die Klasse und setzt sich an seinen Platz. Es ist Till. Er schaut mich verdutzt an, als ich vorsichtig den Karton auf seinen Tisch stelle.

„**Hundertprozentige Sicherheit**, **100%** dass du dich maximal freuen wirst. Für dich, ein Geschenk.“

Vorsichtig hebt er den Deckel der Kiste an und erblickt den Hamster.

„Das glaub ich nicht. Der ist für mich?“, jubelt Till los.

Juhu!

WOW!

UPS!

ANALYSE:

Experiment geglückt:
Hamster + Till = maximales Glück.

„Ich freu mir ein Loch in den Bauch! **Danke, Andro.**“

Oje, es war nicht mein Ziel, ihn zu durchlöchern.

„**Alarm!** Till muss ins Krankenhaus, das Loch muss genäht werden“, rufe ich.

Oh, oh!

Aber die anderen verdrehen nur die Augen. „Redensart!“, raunt Lilli mir zu.

Ich verstehe.

Die Meinungen der Lehrer über einen Hamster im Unterricht fallen unterschiedlich aus. Während Herr Lembke **wenig Begeisterung** zeigt, gerät Frau Nachtigall ins Schwärmen und erzählt von ihrer Kindheit, in der sie selbst einen Hamster hatte. Die Biologielehrerin Frau Heidschrötter-Piepenbrink vergisst für heute ihre Singvögel und doziert über den Feldhamster.

Ein warmer **DAUERSTROM** kribbelt an diesem Morgen durch meine Leitungen. Für einen Moment habe ich meine Zweifel, ob das E-Modul wirklich ausgeschaltet

Zisch!

HAHA!

ist, denn mir streicht so etwas wie ein **Glücksgefühl** über die Platinen. Liegt es möglicherweise daran, dass ich Till eine große Freude bereitet habe?

> **ANALYSE:**
>
> Andere glücklich machen = eigenes Glück!

Am Nachmittag, beim Spaziergang mit Staubi, registriere ich **60 Freundschaftspunkte**, die ich heute von meinen Mitschülern erhalten habe. Damit

liegt mein aktueller Stand bei +47 PUNKTEN. Weit entfernt von den 100 Punkten, die meine Erbauer fordern. Da werde ich sie wohl noch eine Weile mit der Reparatur von Tamagotschi ablenken müssen. **Roboterhunden** macht es nichts aus, wenn sie eine Weile ausgeschaltet bleiben. Im Gegensatz zu mir. Ich darf keinen Tag verpassen, weil ich meinen Forschungsobjekten wieder ein bisschen mehr auf die Schliche gekommen bin. Oder auf Menschisch gesagt: Ich freue mich auf den nächsten **Schultag**. *Piep!*